香辛料

XXIV

Spring Log Ⅶ

支倉凍砂
Isuna Hasekura

Illustration
文倉 十
Jyuu Ayakura

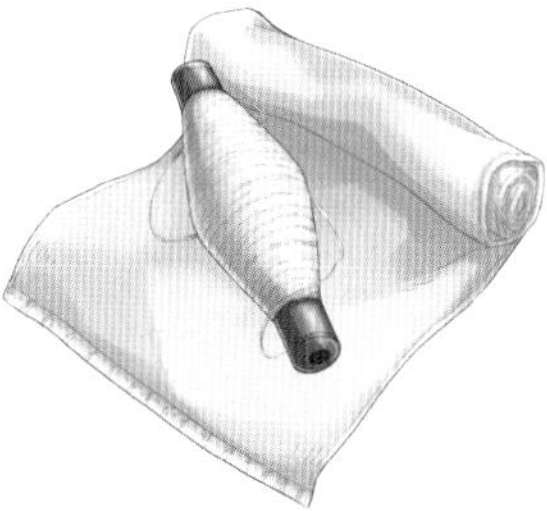

トーネブルク領主
マチアス・エギル・トーネブルク
「そなたが噂の商人か」

「クラフト・ロレンスと申します」
湯屋『狼と香辛料亭』の主人
ロレンス
湯屋『狼と香辛料亭』の女将
賢狼ホロ

「再会を祝して」
エーブが音頭を取って、
乾杯になった。

「しかしまったく、呆れたものだ」
それは肉にがっつくホロのことを示しているのかと思ったが、
エーブはロレンスのことを見ていた。
神をも畏れぬ女商人
エーブ・ボラン

「急ぎの用事がありまして」
夜も更け、真面目な商人ならば
明日に備えて
宿に帰ろうかという時刻。

「……これは、これは」
そこに唐突に現れたのが
とてつもなく遠い山の奥にいるはずの
知人となれば、
歴戦の商人であるはずのキーマンが
動揺しても無理はない。
ローエン商業組合幹部
ルド・キーマン

Contents

Designed by Hirokazu Watanabe(2725 inc.)

狼と香辛料 XXIV

Spring Log VII

WORLD MAP
ケソン
デザレフ
サレントン
ラウズボーン
ラポネル
イーク
ウィンフィール王国
アティン
ドラン平原
ロエフ山
ヨイツ
サロニア
トーネブルク
タウシッグ
カラカル
クルーベ
ニョッヒラ
ミロエフ
スヴェルネル
レスコ
トールキン
レノス
ローム川
プロアニア
テレオ
エンベルク
N
W
E
S
クメルスン
ラムトラ
トレニー
ポロソン
リュビンハイゲン
パッツィオ
ヨーレンツ
アケント
スラウド川
パスロエ
↓至アケント

MAPイラスト／出光秀匡

第一幕

旅というのは、なにが起こるかわからない。

次の町で再会しようと別れた旅の仲間が、たった数日で病に見舞われて亡くなったりするし、これは絶対確実な商いだからと商品を買い込んでみたら、とっくに需要がなくなっていて破産の憂き目にあってしまったりする。なんなら仕入れに立ち寄った村で、北に帰りたいとめそめそしている狼の娘なんかを拾ってしまったりする。

なのでそんな旅に出たまま、すっかり便りを寄こさなくなってしまった一人娘の身を案じたとて、誰が責められようか。奥深い山の温泉郷から下界に降りるには、十分すぎる理由だろう。

そしてミューリとコルの足取りを追いかける旅に出たロレンスたち自身もまた、例にもれず様々な出来事に遭遇した。栗鼠の化身と出会ったり、かつての旅の仲間と再会したり、あまつさえ領主になれるかも、などという好機に巡り合ったり。

領主の件はなかなかに心揺さぶられたのだが、結局ロレンスは干し肉とお酒があればご満悦な自称賢狼様との気楽な旅を選び、サロニアと呼ばれた町から船に乗って海を目指していた。

舟歌など聞きながら、酒を啜っての川下り。

それからそこそこ賑やかな港町で、おてんば娘とその兄代わりの青年の情報を集められたらと、思っていた……の、だが。

「う～……なんじゃって？」

ぼさぼさの髪の毛の隙間から、腫れぼったい目がロレンスを見る。

寝ていた時は気にならなかったが、目を覚まして部屋の外に出て、井戸で顔を洗い朝食を調達しがてら、朝一番の旅路の情報を聞き集めて部屋に戻れば、そこに充満する濃い酒の匂いに顔をしかめてしまう。

「飲みすぎだ」

ベッドの上で唸っているホロを横目に、ロレンスは木窓を開けて、一息つく。

「まぶ……しい……」

これが苔むす森の妖精ならば、強すぎる日の光からそっと守ってやりたくもなるところだが、居酒屋で楽器を奏でる楽師たちにのせられて、酒を片手に踊り狂っていた自称賢狼様には同情の余地がない。

ぬしとの旅はつまらぬことでも楽しいんじゃ、などと殊勝なことを言うホロにほだされた途端、これだ。エルサからのお叱りではないが、ホロを少し甘やかしすぎかもしれないと、ロレンスはいまさらながらに思う。

「まったく……。生きていることを後悔するくらい辛そうなお前には朗報だがな、川を下る船が全部止まってしまっているらしい」

椅子に座り、窓から流れ込む新鮮な朝の空気が淀んだ酒臭さを洗い流してくれるのを待ちながら、ロレンスは調達してきたパンをひとかじりする。

「うっ……その、匂い……」

焼き立てのパンの匂いを嗅いだなら、いつもはたちまちベッドから飛び起きてくるはずのホロが、顔をしかめて呻いている。何度も見た光景にロレンスは心底呆れるのだが、吐かれては掃除も大変だし、宿賃を割り増し請求されるかもしれない。ため息をつきながら椅子をホロの風上から移動させた。

「川を下った先の港町で、なにかややこしいことが起きてるみたいでな。足止めされそうだ」

「……」

聞いているのかいないのか、いつもならば狼の耳を見ればわかるのだがぴくりともしない。

ロレンスはため息をパンと共に飲み込み、話を進める。

「選択肢としては、ここで事態が落ち着くのを待つか、それとも、馬を受け取って荷車を調達して陸路でいくか」

なにか返事があるかとロレンスが間を開けても、反応がない。普段は艶やかな尻尾の毛すらぼさついていて、不運にも荷馬車に跳ねられた野良犬を思い起こさせる。

もっともホロの場合は、自業自得なのだが。

「陸路の場合は、どうせならこのまま南下してケルーベを目指してもいいかもな。ミューリたちの情報も集めやすいだろうし、ケルーベは近隣でも随一の賑やかな港町だから、美味い食べ物も多い」

美味い食べ物、という単語に少しだけ尻尾の毛先が動いたので、聞いてはいるらしい。

ただ、今は食べ物の話をするなという意味か、それとも体調が戻ったら是非食べたいということなのかまでは、さすがのロレンスにもわからない。

「まあ、急ぐ旅でもないから寝てればいい。昼を過ぎれば、川下からくる旅人たちが、詳しい情報を持ってきてくれるだろうし」

するとホロはなにか言ったような気がするが、寝息が聞こえてきたので、寝言だったのかもしれない。

ロレンスは苦笑いし、食べかけのパンを口に咥えて立ち上がり、間抜けなお妃さまに毛布を掛け直してやったのだった。

川というのはいくつもの領主の土地を通るため、その都度関所がつくられている。

ほとんどが川べりに掘っ立て小屋と、居丈高な徴税吏が一人二人いるような場所なのだが、時には陸の商業路も交差するような賑やかな場所がある。そういうところでは旅人を当てにした居酒屋や宿屋が建ち並び、立派な旅籠町になっていたりする。

ロレンスたちが滞在しているのはそこまで立派なものではなかったが、居酒屋を兼ねた宿屋が三件ほど寄り集まり、服を繕ったり靴を修理する職人もちらほらいて、旅人が羽を休めるには十分満足できるところだった。

関所で毎回税を取られるのは業腹だが、旅人しかいないような場所だから昼から軒先で酒を飲んでいても白い目で見られないのはよい。

粗悪な葡萄酒に蜂蜜を垂らし、味を誤魔化したものをちびりちびり飲みながら、ロレンスは行きかう人たちの話に耳を傾けて、旅の情報を集めていた。

そこにふっと影が差したかと思えば、向かいの席に荒々しく娘が座る。

「一人でずいぶんと優雅じゃのう？」

ロレンスのほうを見ることすらせずに悪態をついたのは、見た目は齢十余の少女だった。

けれど店主に向けて手を上げるしぐさが様になっているし、二日酔いの後ということで果実酒が酒になる前の甘酸っぱい飲み物と、さらに甘くするための蜂蜜を追加で頼んだりと、ずいぶん手慣れている。若く見えても、もう何百年と生きる狼の化身なのだ。

「ここは蜂蜜の質の良いのが集まっておってよいのう」

「代わりに安くないんだがね」

「たわけ」

ホロは言って、ロレンスの手元にある干し肉に目をやった。寝起きに固い干し肉はあまりお気に召さなかったのか、顔をしかめていたものの、これで我慢してやるかとばかりに手を伸ばし、ごっそり自分のほうに引き寄せる。

「麦粥かなにかにしておいたほうがいいんじゃないのか？」

「それはそれで頼んでくりゃれ。あったかいやつじゃ」

おそらくはスグリを漬けた濃い赤色の飲み物を店主から受け取り、ホロは早速口をつけている。蜂蜜を入れてもなお酸っぱかったのか、ぎゅっと目を閉じ、ふうと息を吐いてから干し肉をかじり出す。

なんにせよ元気になったようでよかったとロレンスは思いながら、店主にパンくずの入ったスープを頼んでおく。

「それで？　わっちを放ったらかしにして、飲んだくれておったのはどういう了見かや」

「病気でもないのに、手を握っててほしかったのか？」

ホロはテーブルの下でロレンスの足を蹴ってくる。それはそれでいつものじゃれ合いともいえるのだが、ロレンスがおやと思ったのは、ホロが割りと本気でむくれていたからだ。

目を覚まし、ロレンスが部屋にいないのはともかく、木窓を開けていたから匂いもほとんど残っていなかったのかもしれない。

普段は飄々としているこの狼は、人よりはるかに長い時を生きるせいで、すべては泡沫の夢なのでは、という悪い夢に苛まれることがある。それで慌てて木窓から外を見れば、ロレンスが優雅に酒を飲んでいるのが見えてむかむかした、というところだろうか。

「じゃあ、朝にした話は、まったく聞いてなかったというわけだ」

ロレンスが呆れて言うと、ホロは半目にロレンスを睨む。

「なにがじゃ」

「なにがって、昼もとっくに過ぎているのに、のんびり宿に居座っている理由だよ」

ホロはなにか言おうとしたが、なにを言っても藪蛇になると思ったのだろう。口を尖らせて、甘酸っぱい蜂蜜割りの果汁を啜っていた。

「川を下った先の港町で、市政参事会が大きな相談ごとをしているらしくてな」

ロレンスは手元に残っていたわずかな干し肉をつまみ、次から次に新しい船が川を下ってやってくる様子を見る。しかし関所からは一向に船が出ていかないせいで、船着き場にはぎっしり船が詰まっていた。川を下っている船というのは、集めてみると想像しているより多いようだ。

「議題が税についてだそうで、皆、様子を窺ってるんだと」

まだ二日酔いの面影を若干残していたホロだが、眉根にちょっと皺を寄せると、すぐにこう言った。

「それなら、逆になりそうなものじゃが」

ホロも船着き場に目を向けると、荷を山盛りに積んだ新しい船がやってくるところだった。一体これ以上どこに停めるつもりなのかという懸念をよそに、職人技でわずかな隙間にすっぽり収まってしまう。

「税はぬしらにとって天敵じゃろう？　税を上げられる前に急いで川を下らぬのかや」

「そうしたら今頃お前は、昨晩の飯を気前よく川の魚の餌にしているだろうな」

海の船はもちろん揺れるが、川の船でもまあまあ揺れる。ぐったりしているホロを想像し、それはそれで可愛いものだがとロレンスが笑っていたら、胡乱げな目をしている狼に気がついて、咳払いする。

「珍しいことに、市壁の関税を下げる相談をしているらしいんだよ」

ホロがロレンスに噛みつかなかったのは、ちょうどスープが運ばれてきたからかもしれない。とろとろのパンくずを木の匙で掬い取り、美味そうに食べ始めていた。

「だから会議の結果が決まるまで、旅人から商人までが、そろって足踏みというわけだ」

パンくずのほかにも大きな鯉の切り身が入っていたようで、はふはふと熱がっていたホロは、果汁で口を冷やしてから、ぺろりと唇を舐めて顔を上げる。

「わっちらには関係ないじゃろ。積み荷らしい積み荷もありんせん。ここも悪くはないが、のんびりするなら大きな街がよいしのう」

「うーん……だが、撒き餌の可能性もあるんだよな」

「撒き餌？」

「噂で呼び寄せておいて、ガブリ」

街を囲む市壁というのは、外敵から身を守る以外にも、中に入った者たちを逃がさない役目もある。たとえば戦費を調達したい都市などは、その時に町の中にいる外来の商人たちに、町の外に出たければ目が飛び出るような通行税を払えと迫ることがある。戦に巻き込まれるよりはましだからと、旅の商人たちは渋々と高額の税金を払うのだ。そういうことのために商人を呼び寄せている可能性が、ないわけではない。

ホロが手にした木の匙に乗るのだって、まさに川の底に沈められた罠にかかった結果、スープになってしまった魚の成れの果てだ。

ホロは少し考えるように視線を空に向け、切り身を口に運ぶ。

「ふむ。ありそうな話じゃ」

「だからまあ、君子危うきには近寄らずで、陸路で南に向かうというのもどうかなと」

陸路、という単語にホロは顔をしかめる。船旅を一度覚えてしまえば、がたごとと尻の痛くなる荷馬車での旅にはそんな顔をするだろう。

「ロエフ川まで出られれば、そこからはまた船でケルーべまで下ることができる」

「ケルーべ……聞いた覚えがあるのう」

「その角を粉にして飲めば、永遠の命を授かると言われた海の獣、イッカクが水揚げされたところだよ」

ホロは顎を軽く上げ、あんまり面白くなさそうにうなずいていた。

それは人よりも長い時を生きる人ならざる者として、薬にすれば永遠の命を賜るというイッカクの角に抱く、複雑な気持ちを思い出したのかもしれない。あるいは、ロレンスとの旅で出会ってきた中でも、指折りの強欲商人たちとの争いのことを思い出したのか。

「ケルーベなら古巣のローエン商業組合の商館があるし、湯屋の開業で世話になった人に挨拶もできる。ミューリやコルの情報も手に入りやすいだろう」

一人娘のミューリと、湯屋でその兄代わりを務めてくれていたコルの二人は、今や世間的には有名人だ。それゆえにどこにいるのかなどすぐにわかるだろうと高をくっていたら、むしろ有名になりすぎたせいで見つからないのだった。あの山で奇跡を起こしただとか、どこそこの街の疫病を一掃しただとか、いい加減な噂話で溢れている。

けれど各地に商館を構える組合ならば、正確な情報を持っていると期待できるだろう。

「ふうむ。コル坊を拾った川と、その先の港町じゃろう？　その川まではまだ、ずいぶん距離があるのではないかや」

「まっすぐ道があるわけじゃないしな、荷馬車で三日……いや、行商の旅じゃなし、余裕を見て五日、いや六日くらいかな……。俺もこの辺の地理には詳しくなくて」

げんなりするホロに呆れるのはたやすいが、ロレンス自身すっかり湯屋の主人に体が慣れていて、硬い御者台ではすぐ腰が痛くなってしまう。道を調べ、寄り道し、休憩を挟んで、あれやこれや。結局もっとかかるかもしれない。

なんであれ、優雅な旅の予定が崩れそうな予兆が見え隠れし、ホロが抗議を示すようにずずっと音を立ててスープを啜る。

「わっちがぬしを背に乗せて走ってよいなら、文句は言わぬが」

狼に戻ったホロの足なら、きっと一晩で走り抜けられるだろう。

「馬はどうするんだ」

「……馬肉は甘いが、強い酒と案外にあいんす」

どこまで本気かわからない冗談に、今度はロレンスがため息をついて、酒を飲む。

「俺としては、ちょっと経緯を見守りたいんだが」

「んむ？」

「港町にどんな思惑があるのか知らないが、もしも本当に税が下がるなら、あれこれの奢侈品をそこの港町経由で仕入れられたら得だろう？　最近は湯屋の貴族以外の客も、南の地の高級品がないと文句を言うからな」

ホロのやや冷たい目は、儲け話を語る間抜けを見る目だ。

「ぬしは本当に、懲りぬ雄でありんす。その手の話は兎の商会に任せておけばよかろう。第一、いつだったか小麦の仕入れで見知らぬところに注文したせいで、安物買いの銭失いになったのではなかったかや？」

兎の化身が番頭を務めるデバウ商会は、狼と香辛料亭を営業するための頼れる仕入先だ。

そして小麦の件については、高価な小麦に安いライ麦の粉が混ぜられているのを、ホロとミューリが嗅ぎ分けてくれて難を逃れたという経緯がある。

「くっ……けどな、俺が懲りない奴なら、どうして今朝お前が起きられなかったかの話もするべきか？」

ホロはむっと口を引き結ぶが、テーブルの下で足を蹴ってはこなかった。

さすがのホロもひどい二日酔いになるまで飲んだくれたことを反省したのかと思えば、ロレンスは自分たちのテーブル脇に人の気配を感じ、顔を上げた。

見やれば、薄い帽子を手に握り締めた農夫風の男が、ためらいがちな笑顔を見せていたのだった。

「クラフト・ロレンス様と、その奥様とお見受けしますが」

そのあまり優雅とは言えない身なりと、やけに丁寧な言葉遣いがちぐはぐだったが、勘所を心得ている人物のようだというのはすぐにわかった。挨拶と共にさっと差し出したのが、軽く小脇に抱えられる程度の小ぶりな酒樽だったのだから。

ホロはようやく二日酔いから覚めたばかりだというのに、目をたちまち輝かせて酒樽を受け取ってご満悦だ。

「ふんふん……んーむ、これは良い蜂蜜酒じゃのう！　ふむ、用件があるようならなんでも言ってくりゃれ」

とまで言うのだが、もちろん用件を聞くのはホロではなく、ロレンスだ。

ロレンスはホロの様子にため息をつきながら、農夫風の男を見やった。

農夫、風だと思ったのは、見た目は農夫なのだがその物腰がやけに洗練されていたからで、挨拶の品が蜂蜜酒というのも手慣れすぎている。

ただ、ロレンスは今までの商いを思い返しても、この人物の顔に心当たりがなかった。

「失礼ですが、どちらかでお会いしましたか」

「お初にお目にかかります。ですが、お二人のご活躍はサロニアの町で」

ロレンスはうなずく。

サロニアの町ではちょっと張りきりすぎて、町の有名人になってしまった。

酒や食事に不自由せず、楽しい日々を過ごせたという意味ではよかったのだが、耳目を集めるのは思わぬ余波を生む。

「旅の途中だとは存じますが、どうか私のお話を聞いていただきたく」

丁寧な言葉遣いと、右ひざまでついて懇願するその様子に、どうもこの農夫風の男は、身なりの割に普段から高貴な人間とのやり取りがあるらしいと推測できた。

けれど村長というには若すぎるし、なによりも、どこか村人らしくない空気を身にまとっている。ロレンスが昔の行商で得た知識を引っ張り出して、男の持ち物を改めて観察すれば、目についたのは武骨な鉈と、小ぶりな弓矢だ。それから男が如才なくホロのために用意してきたのが上等な蜂蜜酒だったことを合わせれば、すぐに答えは絞り込めた。

「森林監督官様が、いかような御用でしょう」

男は驚きに目を見開き、そして驚きの後にははっきりと嬉しそうな顔をした。

「さすがサロニアで数々の問題を解決されたロレンス様です！　ぜひそのお力を私たちにお貸しください！」

あいにくと夫婦水入らずの旅だから、と答えたくても、すでにホロが蜂蜜酒を嬉しそうに抱え込んでいる。問題に取り組むのは自分じゃないから気楽なものだ、とロレンスは思いつつ、いやそうじゃないのかもと思い直す。

ホロは男の体にまとわりつく森の木々と土の匂いで、森で働く人間だとすぐに気がついたのだろう。儲け話にロレンスが目を奪われてしまうように、ホロは森をこよなく愛する狼だから、助けを求めてきた森の民の話を聞くようにとロレンスを仕向けたのではないか。もちろんそれで追加の蜂蜜酒を受け取れれば、言うことなし。

ならばこの男を追い払えば、きっとロレンスもまた、ホロによってベッドを追われ、床で一人寂しく寝ることになるだろう。

「……私でよろしければ、お話をお伺いします」

疲れたようなロレンスに対し、男は大喜びだし、ホロも満足げにうなずいたのだった。

男はこの関所から南に下った先にある、トーネブルクという領地の領主に代々雇われている森林監督官、マイヤー・リンドと名乗った。ホロはその職名に妙に感じ入っているので、名前から素直に森の守護者を想像し、森を守る者はなんであれ良い奴じゃ、とでも思っているのだろう。

ただ、森林監督官は単なる森の守護者ではない。森を監督する点に違いはないのだが、見張るのは限られた森の資源であって、森そのものではない。ニョッヒラ近辺だと森が深すぎて彼らの出番もあまりないが、南に下れば下るほど森は貴重になっていき、それに応じて森林監督官の役割も重要になっていく。特に麦の産地として広く開墾されているこの近辺のような土地だと、なかなかの重責だろう。

そんな森林監督官のマイヤーが見張るトーネブルクの森は、この近辺にしてはやや起伏に富んだ地形ということもあって、深く黒い森がそのまま残っているらしい。

しかしマイヤーが語ったところによれば、その森を切り開き、木材を積み出し、さらには道を通そうという計画があるとのことだった。

「マイヤーさんは、その計画を阻止したい、と」

「はい。ですが困難があり、ぜひロレンス様のお力を借りられればと」

森で暮らす者というと、どこか厭世的で人嫌いで、百年も積み上がった苔みたいにもさもさの髭の奥で鹿のような目に光を湛えている人物、というのを想像しがちだが、森林監督官は森で働く文官だ。

高貴な者に仕え、日々土地の利害の対立で折衝を行っているから、その話し方は洗練され、どこかの商会で番頭をやっていたとしても違和感がない。

だから交渉のためには多少の痛いところをついてくるその手際もまた、なかなかのものだ。

「私はそもそも、とある交渉ごとを見守るためにサロニアにいたのですが」

マイヤーが言葉を切り、意味ありげにロレンスを見る。

「ロレンス様のご活躍、まったく感服いたしました。しかしロレンス様が阻止された木材商人たちの関税値下げ交渉、それが予期せぬ波紋を広げておりまして」

予期せぬ波紋、という言い回しにロレンスは嫌な予感がする。

「確かに私は、サロニアの教会より請われて尽力しましたが……その結果、マイヤーさんやトーネブルクの領主様、あるいは領民の皆さんに、ご迷惑をおかけしてしまっていると？」

「いえ、迷惑だなんてそんなことは決して」

マイヤーは平身低頭が実に様になっているのだが、まったく心が籠もっていない。手応えなくのらりくらりするうちに、確実に目的へと向かうヤツメウナギのようだ。

隣でホロが妙に機嫌よさそうなのも、マイヤーの芝居と、それにじりじり押され気味の自分の様子が楽しいからだろうと、ロレンスは苦々しく思う。

「ロレンス様が教会のため、神のために正しい行いをされたのは明らかです。しかしその結果、木材の関税はあまり下がりませんでした。するとこの川の河口に位置する港町カーランは、ロレンス様の活躍によって、安く木材を仕入れる手立てを失ってしまったのです」

「あっ」

マイヤーの話の向かう先がすぐにわかり、ロレンスは小さく声を上げた。隣のホロもフードの下で狼の耳をぴくりとさせてから、ロレンスを冷たい目で見つめていた。

「サロニアを通過する木材の関税が下がれば、港町カーランはそれだけ安い木材を仕入れられるはずだったのです。しかしその計画がもろくも崩れた結果、彼らはかねてより目をつけていた、我がトーネブルク領の森林を切り開くようにと、領主様に詰め寄ったのです」

確かに昨今木材価格は高騰していて、森林に囲まれたニョッヒラでさえ、薪の採取は寄り合いで量が決められる。森よりも平野や草地のほうが圧倒的に多いこの近辺なら、その希少性はいかほどか。

サロニアでの木材関税を巡る話は、木材商人たちがちょっとした利益のためにやっていたことではなく、近隣地域の商人たちが固唾を呑んで見守るようなことだったらしい。

ロレンスの目の前で膝をついている森林監督官は、サロニアでの関税の話を邪魔したお前のせいで、我がトーネブルクの森が目をつけられたではないか、どう落とし前をつけてくれるんだと、ロレンスに言いたいわけだ。

そして非難の視線は、マイヤーだけでなく、いつだって森の味方であるホロからも向けられてくる。

ロレンスがサロニアで妙なことをしなければ、木材の関税は下げられて、下流の港町カーランとやらは安く木材を手に入れられて、マイヤーの働くトーネブルクの森に目をつけられるようなことはなかったのかもしれないのだから。

ロレンスはわずかでも刑の執行を遅らせようとする罪人のように、問いを投げた。

「り、領地を巡るお話、理解しました。しかし、マイヤーさんが先ほど仰った、森の切り開きを阻止するための困難とは？」

領主は港町カーランに対して弱い立場にあるのだろうか。それとも古い時代のように、都市が傭兵隊長を雇い、力づくで要求を呑ませようとしているのか。

あるいは自分でも協力できて、どうにか事態を収められそうなことだろうか。

「領主様は、森の切り開きに賛成されているのです」

ホロの唇がやや尖ったのは、土地を守るべき領主が森の切り開きに賛成するなど、というところだろう。しかし一方のロレンスが顎を引くのは、マイヤーの持ち込んできた話の厄介さを嗅ぎつけたから。

「領主様が、賛成を……」

「はい」

マイヤーはロレンスを見つめ返し、はっきりとうなずく。さっきまで掴みどころのない狐のようだったのに、今ははっきりと獲物を見据えた鷲のようだ。

「だとすると、私のような一介の行商……いえ」

昔の癖で行商人と言いかけて、ロレンスは咳払いをする。

「私は貴族ですらありません。港町と、領主様が手を組まれているような政治的な話に口を挟むのは……痛っ!?」

きょとんとするマイヤーに、ロレンスは曖昧な笑顔で誤魔化しておく。

テーブルの下で、ホロに脛を蹴られたのだ。

「もちろん、ロレンス様のご懸念はもっともなこと」

マイヤーはすぐに切り替えて、大きく旋回し、獲物が逃げないようにと回り込む。

「ただ、これはロレンス様が商いごとに秀でているからこその、お話なのです」

「……」

ホロに蹴られたから、というわけでもないが、ロレンスは軽くため息をつき、マイヤーに続きを促した。

「まず、領主様は単純な計算違いをされているはずなのです。森は切り開けば容易には戻らぬもの。にもかかわらず、森から木を切り出すだけでなく、カーランの者たちから唆されて、炭焼き小屋と鍛治場まで森につくろうとしているのですから」

ロレンスが息を呑んだのは、マイヤーの言葉にではない。マイヤーの言葉を聞いて、無表情のままのホロが、服の下で尻尾をばさばさ言わせ始めているせいだ。

「しかも領主様は、製錬された鉄や炭を運び出し、さらには商いを発展させるため、森の中に道をつくろうとしています。道ができれば通行税がたっぷり回収できるでしょうと、カーランの連中から耳元でささやかれたのを、真に受けているのです」

ロレンスがマイヤーの言葉に気圧されつつも、椅子の上で座り直したのは、どうやらサロニアから安く仕入れる予定だった木材の単なる埋め合わせを巡る話、というだけでは収まらないことのようだからだ。

「このままでは森が痩せ、森に頼って暮らしている領民もまた、困窮します。しかし領主様は木材の売却や炭焼き、それに鍛冶場からの収益や切り開いた道を通る人々の通行税に目がくらみ、民が疲弊し、森が痩せてもなお、お釣りがくるとさえ計算しているようなのです」

マイヤーがロレンスに声をかけたのは、ロレンスがサロニアで余計なことをした張本人だから、というだけではないのだろう。領主を説得するには、その皮算用が間違っていることを示すほかないと判断し、ならばロレンスこそが適任だと考えたわけだ。

「聞けば、ロレンス様は今でこそ名高い温泉郷の湯屋の主人だそうですが、かつては広く世を巡る名うての商人だったとか。ぜひその商いの知識によって、領主様のそろばんが間違っていると示していただけませんか」

大仰な賞賛は、もちろん単なる褒め言葉ではない。湯屋の話を出してきたのがその証拠だ。

　抜け目ないマイヤーはサロニアでひととおり下調べをし、おそらくエルサとも会ったのだろう。お前がどこのだれかというのはわかっているぞ、とわざわざ告げるのは、やんわりとした脅しなのだ。

「いかがでしょうか。もしも森を守っていただけましたら、森から採れた果実で作る四季折々の果実酒、それから蜂蜜酒、干しきのこや鹿や兎の燻製肉を約束いたします。ニョッヒラに集う貴顕の舌をも満足させる逸品であることを、トーネブルクの森の名誉にかけて誓います」

　ずいぶん美味しそうな申し出にホロが目を輝かせているが、ロレンスの耳にはまったく違って聞こえていた。金貨や銀貨の支払いは困難だが、森の恵みの横流しならば自らの裁量でできるということで、それはつまり表立った報酬を支払えないことを意味している。

　臣下の身で領主の決定をひっくり返そうというのは、普通、縛り首を覚悟するようなことなのだから。

　まともに考えるならば、ロレンスは今すぐ笑顔でマイヤーの提案を受け入れるふりをして、荷物をまとめ、ホロを連れて逃げるのが正解だ。湯屋になにか嫌がらせをしてこようものなら、人ならざる者の伝手をたっぷり使ってやり返せる。

　ただ、ロレンスが動けなかったのにも、もちろん理由がある。隣の食いしん坊から聞こえる腹の虫の鳴き声はともかく、実際に森が切り開かれてしまえば、住人たちはそれら森の恵みを失ってしまうこともまた事実なのだろうから。

しかもロレンスの背中には、サロニアでのことがこの問題の元凶に一役買っているという事実以外にも、さらに重たいものがずっしりと居座っていた。

今この瞬間がはるかな思い出になった頃、かつての楽しい時間をたどる旅に出たホロが、噂に聞いたトーネブルクの森を訪れるところを想像してみればいい。

わずかな木立が残るばかりの荒れ地と、人々の離散した土地を前に、一人たたずむホロ。

その様子を想像する以上に悲しいことなど、ロレンスにはないのだから。

「む?」

ロレンスが視線をちらりと向けると、ホロは怪訝そうに見返してくる。

ここはある種の分岐点だった。

ホロが枯れ果てた森の前でしゃがみ込み、乾ききった土を指でなぞるのか。それとも、救った森の若木にでも刻んでおいた、ロレンスの伝言を見つけたホロが呆れたように笑うのか。

ロレンスはそうやって、自分自身をあえて追い込んでいく。

なぜならば、領主が一度決めた案を覆そうなどというのは、まともに考えるなら避けるべきことなのだし、マイヤーは領主のそろばん勘定を正してくれと言っている。つまりこれは商いの話でもあるから、問題は輪をかけて複雑になってくる。

断りたい懸念点が、見上げるばかりの山と積み上がっている。

その反対側にホロが座り、ロレンスのことを上目遣いに見つめている。

この話に手を出す危険と、出さない危険。

諸々のことを頭の中で秤にかけ、ロレンスは言った。

「……一度、二人で相談させてもらっても？」

半ば降参の口調を感じ取ったのか、マイヤーはロレンスとその隣のホロを見やり、努めて無表情のまま頭を下げたのだった。


「ぬしのせいで森が狙われたではないか、このたわけ！」

ベッドに腰掛けたホロは、尻尾で一回、二回とベッドを叩く。

しかし三回目はベッドに振り下ろされず、ホロは自分の膝の上に尻尾を載せていた。

「と、罵りたいところじゃがな……。ぬしは前の町でわっちのために張りきっておったわけじゃし、わっちもまあ、それでほいほい喜んでおったからのう」

ホロはそう言って、テーブルに置かれた日々の記録を記す日記帳と、手土産の酒樽を見やる。

中身の甘ったるさではどちらもいい勝負のはずだ。

「それに、幸いなことに話は森についてじゃ。人里での騒ぎならばともかく、森を守るためならば、いっそわっちの出番という手もあるからのう」

ロレンスはやや驚いた。

「なんじゃその顔は。森を切り開くのを諦めさせればいいんじゃろう？　そんなもの、わっちの牙にかかればあっという間じゃ」

愚かな人間が黒い森に足を踏み入れれば、そこに潜む森の精霊が牙を剝く。

おとぎ話ならばそれでめでたしめでたしだろうが、現実はそうもいかない。

特に、この手のそろばんのはじき合いでは。

「森を守りたいお前の気持ちは、もちろんわかる。ただ……」

「ただ、なんじゃ」

「マイヤーさんの話だよ。俺に、領主のそろばん違いを示してほしいと」

それがなんじゃ？　という顔をするホロに、ロレンスは言った。

「まだ俺たちはマイヤーさんの主張を聞いただけだ。あの口ぶりとは違って、森を守るのが正しいことなのかどうか、なんともいえない可能性があるってことだよ」

「……」

一瞬虚を衝かれた様子のホロの目が、たちまち据わった。森を切り開く正当な理由などない、と言わんばかりだ。

ロレンスはため息交じりに説明する。

「森とその精霊を巡るおとぎ話なら、敵と味方がはっきりする。なんなら領主様の愛した森を守ってくれという話だとしたら、これもわかりやすい。しかし、金貨と銀貨、そしてそれに支

えられる人々の生活の話となると、誰に味方をすればいいのかたちまちややこしくなる」

ホロの尻尾が、不機嫌そうにぱたりと動く。

「あのたわけが嘘をついておったと？」

「お前の耳を疑いはしないよ。けど、語っていないことまではわからないだろう？」

ホロはむうと口をつぐむ。

「たとえば麦の作付けに使う土地の話だ。土地が足りないのに森を守るのは、果たして正義なのかどうか。森を切り開くことで村が豊かになり、飢えた人々が助かる話だって当然ある。領主も村人もそれを望んでいて、しかしマイヤーさんだけが慣れ親しんだ森を失いたくないからという理由で、俺たちに助けを求めてきた可能性もなくはないだろ？」

領主が領民のためを思い、港町カーランとの森林開拓計画を決断したところだったのに、マイヤーの頼みを聞いたロレンスが台無しにしてしまう、という可能性は十分にあった。

するとロレンスがニョッヒラの湯屋の主人だというのは苦もなく突き止められるだろうから、面倒なことになるのは明らかだ。

「もちろん、どうしても森を守りたいお前のため、という選択もあるにはあるが」

ホロはロレンスを見て、嫌そうにむくれてそっぽを向く。

この狼は、人間のことなど歯牙にもかけない異教の邪神ではない。村の人との約束を律義に何百年も守って、パスロエの村では健気に麦の豊作を見守ってきたくらいなのだ。

それゆえに、森を守ることがかえって多くの人の困窮に繋がってしまうとなれば、森を守ったところでホロの顔は晴れないはず。

無数の利害が交錯する商いの世界にいたロレンスの眼前には、そういう色んな選択肢の載った天秤がずらりと並んでいたのだ。

「それとも」

と、ロレンスは念のために聞いた。

「マイヤーさんは、人ならざる者だったか？」

それならばロレンスは、テーブルの上に載ったすべての天秤をなぎ倒して、作戦を立てるための地図を広げることができる。ホロを生涯の伴侶にしようと手を伸ばした時と同じ思いで、人の世の損得を抜きにして森を守るために戦える。

ロレンスのそういう覚悟が伝わったのか、ホロは尻尾の毛先を嬉しそうにぱたぱたと振っていたが、無意識だったらしい。

はっと尻尾の毛先の動きに気がついて恨めしそうに睨んでから、ため息交じりに言う。

「あのたわけは、人じゃ。土と木の香りに混じって、ぬしと同じ金貨や銀貨の匂いもしんす」

ロレンスは、ホロと自分を決定的に分けるものがあるとすれば、それは狼の耳や尻尾ではなく、寿命の差ですらないと思っている。

それは金貨や銀貨に対する態度であり、ある種の信仰とも呼べる損得への態度だ。

「そう。だから、これは商いの話だ」

切り開かれる森を守ってくれという頼みには、一も二もなく飛びつきたい気持ちがホロにはあるだろうが、ここは精霊の住む奥深い山の中ではなく、人の支配する土地だ。

そして人の世の仕組みは、なかなかにややこしい。

「ぬしは、断るつもりかや」

やや恨めしそうな口調は、本当に責めているようには聞こえなかったが、おとなしく引き下がるつもりもないことを示している。いつもならロレンスが揉めごとに首を突っ込むのを諫める側のホロでも、森の存続がかかっているとなるとそう簡単に割りきれない。

もちろんロレンスだって、サロニアでの自分たちの無邪気な行動が、意図せずとはいえトーネブルクの森に影響を与えているらしいことに責任を感じているし、ホロのことだってある。

しかしそれらをもってしても、マイヤーの頼みには、ロレンスを思いとどまらせるだけの懸念点がある。

だから、いっそマイヤーが人ならざる者だと、ホロが嘘をついてくれればよかったのに。

ロレンスはそんなことを思ってから、ため息をつく。ホロは深酒だったりつまみ食いだったり、しょうもないことでは嘘のつき放題だが、大事なことでは嘘をつけない性格なのだ。ならば保身を優先させようとするこずるい元行商人を騙せるのは、ここには一人しかいない。

舌先三寸の商人上がりであるところの、自分自身しか。

「まあ、この話だが」

　ロレンスが深呼吸と共に切り出すと、ホロのしょげがちだった耳が、ぴんと片方だけ持ち上がる。

「領主の判断の是非はともかく、取引相手の港町であるカーランの動きには、確かに妙なところがある」

　ホロの赤い瞳が、そろりそろりと上目遣いにロレンスに向けられた。

「木材商人たちの関税引き下げがうまくいかなかったから、安い木材調達先としてトーネブルクの森に目をつけたってのはわかる。慣れ親しんだ商いの論理だ。しかし、その港町カーランには、自分たちの関税を引き下げるかもしれないという噂があったはずだ」

「む……むう？」

　朗報なのかどうか判断がつかなかったらしく、ホロが渋い顔をしていた。

「カーランは、貴重な税収入を手放そうとしているんだよ。なのに、安い木材を求めてトーネブルクに食指を伸ばしている。ずいぶん大掛かりな計画までこしらえてな。これは表面的に見ると、うまく繋がらないことだろ。だって、木材を買うのに金が足りないのなら、関税を手放してる場合じゃないんだから」

　ホロは少し顎を引いてロレンスを見た後、視線を斜め上に向けた。

「……それは、そうじゃな。いや、そのカーランとやらもまた、ぬしが大暴れした町と同じという話ではないのかや？」

賢狼らしく、いいところを指摘する。

サロニアでの木材関税を巡る話が、下流に位置するカーランと関係していたように、カーランもまた、どこかに向かう木材の通過点にすぎないのかもしれない。つまりカーランのその先に、サロニアのみならずカーランにおいても、関税を下げさせて安い木材を必要としている誰かがいるのかもしれない。

「むう。じゃが、話が妙じゃな。カーランで下げられる関税とやらは、木材だけなのかや？」

ロレンスがホロの好きなところをあげろと言われたら、自分よりも賢いところをあげるだろう。

ロレンスは嬉しさを誤魔化すために、咳払いを挟む。

「聞いた話では、木材に限らない。だからどこか変なんだよ。おそらく町としての、なにか大きな話が背後にあるはずなんだ」

ホロは肩を若干そびやかし、ベッドの上で胡坐をかいたまま、自身の足の指を摑んでいる。

「そうじゃとして……それが、なんじゃや？」

ホロの目がやや卑屈なのは、ただでさえロレンスが乗り気でないのに、余計にややこしい話になりそうだとわかったから。それはとりもなおさず、ロレンスがこの話を断ろうと言い出す理由になる。

ロレンスの本音は、実のところそうだ。

けれど物ごとというのは、考え方ひとつでいかようにも変わるのだった。

「なんだって、考えてみろ」

「む、う？」

「町を巻き込む、大きな話が背後にあるかもって言ってるんだ」

勘の鋭いホロが気がつかなかったのは、ロレンスの態度がいくぶん投げやりだったからかもしれない。なにせこれは、自分で自分の鼻先にニンジンをぶら下げる馬のような話なのだから。

「カーランはなにか大きな絵図を描いていて、トーネブルクは哀れにも大切な森を奪われそうになっている。そしてそういう大きな話には、大抵、どんなことが潜んでいる？」

「ん、む」

「大儲けの機会だ。そうだろう？」

「あっ」

行商人時代のホロとの旅で、夜な夜な大儲けに目を輝かせては、ホロから冷たい目を向けられていた。今ではすっかりなくなってしまった、野心というやつだ。

ではなぜその野心を失ったかといえば、自分の儲けよりも大事なものが手に入ったからで、それを守りたかったから。

そしてロレンスの最も守りたいものであるところのホロの狼の耳が、落ち着きなく互い違いに動いている。どこか申し訳なさそうな、でも期待するような、惚れた相手ならば絶対に放っておけないような顔をして、ロレンスのことをちらちら窺っている。

これは絶対に貸しにしておこうと心に決めて、ロレンスはこう言うのだった。

「行商人上がりの大間抜けが、つい興味を惹かれてしまうような大儲けの匂いってやつだよ」

ホロは目に光を宿し、子犬のように尻尾をぱたぱたさせている。

頬が緩まないよう、ロレンスは気を張りながら続けた。

「もう一度念のために聞くが、マイヤーさんはなにか嘘をついているような感じじゃないんだよな？」

ロレンスの問いに、ホロは狼の耳をはっきりぴんと立て、首を横に振る。

「作り話をしているような素振りはありんせん」

その答えに、ロレンスは大きなため息をつくほかない。

「面白くない結果になっても、恨みっこなしだぞ」

森を切り開くのが人々のためになるかもしれないし、領主からは恨みを買って、湯屋を守る手立てを考える必要が出てくるかもしれない。それにカーランはなにかものすごく面倒な計画の一環としてトーネブルクの森に手を伸ばしていて、ロレンスたちはそこに巻き込まれた挙句、銀貨一枚分の儲けにもならないかもしれない。

けれどロレンスよりも長い年月を生きた賢狼は、ついこの間もこんなことを言っていた。

「それはそれで、ぬしとの旅の思い出じゃ」

どんなことでも二人なら。たとえ寂しくても、つまらなくても、苦しいことでさえも、すべてが今を生きていることの証になるからと。

それはひどく退廃的な考え方だと聖職者なら言うかもしれないし、この場では都合のいい言い訳以外の何物でもないように聞こえてくる。

そして実際に、言い訳でしかない。

世の中悲観的になろうとすればいくらでもなれて、ホロはその悲観的な物の見方のせいで、ロレンスとの旅をやめようとしたこともある。それを撥ねのけたのはロレンスで、ホロもまた本当は誰かの手を握りたがっていた。

そしてその手を握った結果が、今の楽しい毎日なのだ。

「お前はずるい狼だよ」

結局、こうなることは最初から決まっていたといえるのかもしれない。

賢く生きるだけならば、自分たちは互いの手を取らなかった。

「……ついでに、食らいついたら二度と離さぬ狼じゃ」

ロレンスの手を取ったホロの笑みは、素直な感謝を見せるもの。

黄金よりも貴重で、熟成した葡萄酒みたいに退廃的な報酬だ。

ロレンスは愚かな自分を笑いながらホロの手を引き、深く抱きしめた。

それからいささかの時間を挟み、マイヤーに依頼を受けることを伝えたのだった。

船に乗る旅人のため、川に沿って馬を運んでくれる馬屋は、一日遅れで関所に到着した。ロレンスは彼らから自分の馬を受け取ると、今度はしばらく関所に腰を落ち着けるという商人を見つけ出した。その商人相手に交渉し、港町カーランで荷馬車を受け取れる契約書にいくばくかの銀貨を乗せることで、その商人が使っていた荷馬車を譲り受けることができた。若干年季の入った代物だったが、贅沢は言えない。

「紙切れ一枚と握手だけで交換とはのう。相変わらず、ぬしらのやり取りは奇妙なものじゃ」

たったそれだけで、見知らぬ者と、本当にあるかも定かではない商品を担保に、あっさりと取引してしまう。商人たちの信用を下敷きにしたやり取りは、ホロには何度見ても不思議な光景なのだろう。

しかし、馬を荷馬車に繋ぎながらロレンスは苦笑いだ。

「そんな奇妙な取引の最たるものが、口づけひとつで誓ってしまった、永遠の愛だと思うんだがね」

積み荷の硫黄の粉が詰まった袋を足先でつついていたホロは、もちろん頬を赤く染めるなんてことはない。ふんと鼻を鳴らしてみせるだけだ。

「まったくのう。わっちもたいした口車に乗ってしまいんす」

「契約に見合った商品をせっせと納品しているはずでございますよ」

馬を繋ぎ終わり、荷物を荷台に載せ始めたロレンスの言葉に、ホロは不敵に笑う。

それからひょいと、荷台に飛び乗った。

「ま、悪くはありんせん。もちろん今回のこともあわせてのう」

荷台の縁に肘を載せ、頬杖をついての含みのある笑み。

「働き甲斐のあることですとも」

ホロは牙を見せて笑うと、ようやくロレンスから硫黄の詰まった袋を受け取って、荷馬車に並べ始めていた。

「準備のほうはよろしいですか？」

荷を積み終わる頃、馬にまたがったマイヤーがやってきた。

「ええ。道案内のほう、よろしくお願いします」

ロレンスより先に御者台に座っていたホロを今少し端に寄せ、ロレンスは手綱を握る。

マイヤーはさすが森林監督官というべきか、巧みな馬さばきで出発した。

日々広い森を馬に乗って見回っているにしても、やっぱり着ている服が農夫風なだけで、その中身は貴族の臣下なのだ。背中に括りつけた小ぶりな弓も飾りではなく、野兎を見かけると馬上から見事に射抜いてしまう。こんな芸当は、専門の訓練をしないと腕利きの狩人でもできないし、どちらかというと戦のための技術だ。きっと森への侵入者を見つけた際にも、容赦なく弓を射るのだろうし、剣の心得もあるだろう。

また、領主が森で狩りをする際にはその先導役を務める仕事柄か、ロレンスたちと足並みそろえての旅路ではなかった。

ロレンスたちのことは完全に貴族扱いで、忙しなく先回りしては道を確かめ、通りかかった旅籠に射抜いた兎を手土産に持っていって、食事と休憩を店主と交渉してくれた。夜が近づけば近隣の村の小さな教会に案内してくれ、おかげで温和な老司祭とともに穏やかな夕べを過ごすことができた。

ロレンスだけならばこうはいかず、ノミや虱だらけの木賃宿を見つけるか、それが嫌なら焚火を焚いての野宿か、運が良ければ通りかかった村で交渉して、藁のベッドを貸してもらうのが関の山だ。

ホロがどうして陸路の旅に難色を示すのか、理由はたっぷりそろっている。

「旅のお供に一人欲しいのう」

翌日の朝、教会を出発すると、ホロがそんなことを言った。

ニョッヒの山から降りた当初、ロレンスが火を起こすのにも手間取っていたことへの当てつけだろうが、家族内の平和のため、ロレンスは聞こえないふりをしておいた。

そんなこんなでしばらく行くと、前方でマイヤーが馬から降りていた。注意を促す先を見れば、小川におんぼろの橋がかかっている。

「これはまた年季の入ったものですね……。歩いて渡河できそうなところは？」

橋の下を流れる川自体は、川と呼ぶのもおこがましい細長い水たまりだが、水は案外澄んでいる。水べりも草が繁茂し、ところどころ雑木林になっていたりする。それでようやく気がついたのだが、今まできた道を振り返れば、いつの間にか平野が消え、代わりに起伏と木立が増えていた。

「この近辺は昔から湧水が多いせいで、あっちこっちにこんな小川があるんです。私の祖父の祖父の代には、大きな川が通っていたとかで」

もちろんすぐに、勇者に討ち取られた大蛇の話だろうとはわかった。

あまり意識していなかったが、かつてサロニア付近に存在した川の行く先が、この近辺の土地なのだろう。

「どこも湿地のようになっているので、下手に渡ろうとすると荷馬車だと泥にはまって身動きが取れなくなってしまうやもしれません」

ロレンスはうなずき、ホロに目配せする。

やれやれとホロも御者台から降りて、関所で積み込んだ荷物を下ろしていく。

「神の御加護がありますように」

ホロが嫌な顔をするのに気がつかないふりをして、ロレンスは割と本気で神に祈りながら、馬に空の荷馬車を引かせて橋を渡っていく。

みしみしと嫌な音を立てる橋に冷や汗をかきつつ、トーネブルクがどうしてこの広大な森林を維持できているのか、その理由の一端がわかった。この近辺は高い山があるわけではないものの、土地が平坦というわけでもなく、こんなふうに池だか川だかわからないものがあちこちにある。これだと畑にするわけにはいかないし、水捌けの悪いところは病が広がりやすいから、人が住むにも適さない。もちろん、戦で攻め立てるのも大変だ。

トーネブルクが深い森をこの時代にまで守り通せてきた理由には、誰にとっても活用しにくいという土地の事情が、一役買っているのだろう。

「なんとか無事に渡れましたね」

帰る頃にはこの橋が崩れて、川に住む小魚やえびの住処になっていても驚きはしない。マイヤーが先回りしてあれこれ道を確かめているのも、わざとらしい気の使い方ではなくて、本当に危ないからなのだ。

「さあ、行きましょう。もう少しです」

のんびりした旅とは程遠いが、ホロの機嫌がそこまで悪くなかったのは、この頃にはロレンスの鼻にもわかるくらいに、深い森を思わせる水と土の濃い匂いがあったからかもしれない。

それからほどなく、ひときわ早く馬を走らせていたマイヤーが、分かれ道に立っているのが見えた。道の片方はそのまま南に続き、もう片方は小さな獣道のようなもので、西に折れている。その先にはいよいよ、木々の生い茂る黒い森が見えていたのだった。

トーネブルクには、森を取り囲むようにいくつかの集落があり、そのうちのひとつが、市も立つような領地の中心地となるらしい。領主の館はそれら集落のどれからも距離を取った、森の南に位置する池のほとりにあるとのこと。

マイヤーが案内してくれた道は、その最も大きな村に続いているらしい。

とはいえ道はわずかに道とわかる程度で、頻繁に外の世界から商人や旅人がやってくる感じではない。

なので、マイヤーの後について歩いていく途中、すぐにその人影に気がついた。

一人の老人が切り株に腰掛けていて、ロレンスたちを認めるや待ちかねたように立ち上がる。

これから向かう先の村の村長であることを、マイヤーが教えてくれた。

「おお、あなた様が！　村の市にくる商人たちが噂しておりましたとも。魔法のように商いの問題を解決してくださると！」

「魔法だなんて。神の御加護ですよ」

迷信深い村人に魔法使いだと思われると後が厄介だが、村長の顔つきは村が崩壊するか否かの瀬戸際だと言わんばかり。マイヤーによる紹介もそっちのけで、咳き込むように話し始めた。

「森を切り開くようなことがあれば我らの生活はままなりません。いいえそれどころか、大いなる災いが近隣の土地一帯に振りまかれることでしょう！」

まるで聖職者の説教のような大仰な物言いだ。ホロは神妙な顔でうなずいているが、ロレンスのそれは商人としての仮面だった。

大袈裟な物言いをいちいち真に受けていたら商人はやっていけないのだが、村長のほうもロレンスのそんな態度を敏感に感じ取ったらしい。

「これはものの喩えではないのです、商人様よ」

驚いて見やると、老人特有の水っぽい目が、ロレンスをじっと見据えていた。

「領主様はなにもわかっとらんのです。森など切り開いたら、我らの豚や山羊をどのように肥やせばいいのか。そしてそれが、どんな事態を引き起こすのかと！」

前のめりに語る村長をなだめるでもなく、マイヤーはロレンスたちの少し先を、相変わらず道を確かめながら進んでいる。

その後ろ姿をちらりと見てから、ロレンスは尋ねた。

「豚……ですか？」

てっきり、丸裸にされる森の危機を、異教徒めいた森への愛着によって語られるのだとばかり思っていた。ついでに現実的な問題として、森を切り開く際に労働力として駆り出される、いわゆる賦役の辛さを聞かされるのだろうと。

しかし、出てきたのは山羊や豚という予想もしていない単語だった。

ロレンスの戸惑いに満足したのか、村長は深くうなずいた。

「森の恵みなどと町の民は申しますが、森でとれる蜂蜜や木の実などは些末なものです。木材ですら最大の恵みではありません。森が絶対に失ってはならないのは、名もなき下草たちなのです」

ロレンスは愛想笑いや安易な同意さえすることができず、知見を求めてついホロを見てしまう。しかし誰よりも森に詳しいはずのホロでさえ、不思議そうな顔をしていた。

「森の下草は我らが山羊や豚の餌となります。あなた様が旅に暮らす商人様なら、大事な積み荷を運ぶその馬が、森に自生する野の麦で育つことはご存知でしょう」

馬の飼料として売られるのは、人が食べるにはあまりにも草に近いカラスムギなどだ。そこはもちろん、ロレンスにもわかる。

「それら森の下草を失えば、我らは山羊の乳や豚肉を失うだけではないのです。あなたは、サロニアからやってこられたという。ならばあの地方の見事な小麦畑をご覧になられたはずだ」

三度あらぬ方向に話が向いて、ロレンスは悔しさもあって口ごもる。

「ええ、まあ……その、見事なものでした……が？」

「そう、見事なものだ。しかし我らが領主様は、あのサロニアを含む周辺地域の小麦畑が、一体どれだけの家畜の糞で肥やされているかをご存じないのだ」

長年のきつい農作業によって、無駄なものをすべてそぎ落とされたような老人だった。その村長が、ゆるぎない自信を込めて話している様子には、おいそれと反論できない説得力がある。

ロレンスも商いの中ではその最底辺を支えるともいえる行商で各地を回った身であり、世の中の細部というものをつぶさに見て回ってきた自信がある。

しかし、この村長がしているのは、その行商人の視界にさえ入らないような、もっと根本から大地を支えるような話なのだ。

「家畜を養うのに必要な草の量など、手を土で汚さない人々には想像もつかんでしょう。休耕地や牧草地に生える草だけで足りるはずもない。その足りない分を領地の外まで一手に引き受けているのが、トーネブルクの森なのです。我らがどれほど苦労して、いわば家畜の糞の交易をしているかと領主様が知れば、なんとご自身の領地は一大交易地ではないかと、仰天なさるはずだ」

商人の目に映るのは、市場に並ぶ商品に限られる。鰊の卵でさえ賭けの対象にする商人たちであっても、家畜の糞は取り扱わないし、ましてや豚や山羊の餌など気にしたこともない。家畜は大地にあるなにかを勝手に食べるものであり、馬と違ってわざわざ銀貨を費やしてまでなにかを食べさせるようなものではないのだから。

ロレンスが言葉に詰まっていると、こんな話は関所ではおくびにも出さなかったマイヤーが、ロレンスをじっと見ていた。おそらく関所では商人や旅人たちの自由な空気が支配的すぎて、肥やしと大地を巡るような話は聞き流されると思ったのだろう。

なにかを話すには、それに相応しい時と場所がある。

そしてその効果は、存分に現れていた。

抜け目ないマイヤーが、満を持して口を開く。

「ロレンス殿。私はもちろん盗伐などから森を守る役目を負っていますが、日々監視するのは、勝手に家畜を放して草を食べつくす者がいないようにということなのです」

「家畜の糞は畑の黄金です。撒いた麦の種が実って三倍になるか、それとも七倍になるかは、まさに雨のように糞を降らせられるかどうかにかかっています。そしてそれらは、どれだけ餌を食べさせられたかにかかっているのです」

撒いた麦に対して、三倍程度の収穫にしかならない畑というのは珍しくない。そういうところは自分たちで食べる分と来年の播種用に確保すればもうなにも残らないから、ちょっと不作の年にはたちまち困窮してしまう。市場に麦の詰まった袋を並べ、近隣の土地から麦の産地と呼ばれるような土地ならば、五倍は欲しい。その中でも最も肥沃と名高い土地でさえ、七倍になれば神に感謝して然るべき大豊作。

行商人時代の知識でどうにかわかるのは、そのくらい話が市場に近くなって、ようやくだ。まさか家畜の糞による施肥がそこまで大事だったとは思わなかったし、その家畜を支えているのが実は森の下草だなどと。

行商人時代に麦を取り扱い、あちこちの村に出入りしていたものの、村のことを知り抜いているようで、やっぱりほとんど知らなかったわけだ。

「領主様が森を切り開けば、賦役によって我らが生活を困窮させられるだけではありません。森から下草が失われ、近隣一帯の家畜がやせ衰え、川の水が枯れるかのように麦畑が枯れれば、誰も彼もが路頭に迷ってしまうことになるのです」

麦畑に何百年といたホロは、この話を最初から理解して、ロレンスにこの問題にあたるよう仕向けたのだろうか。

そう思って再度ロレンスが隣を見たら、ホロは御者台でふくれっ面だった。

麦畑の危機に怒っているのかと思ったが、ホロがロレンスと目を合わせようとしなかったことで、遅ればせながらロレンスも気がついた。この家畜の糞を巡る農法は、ロレンスのような商人はもとより、森の精霊ですらもあずかり知らぬことなのだ。

それで思い出すのは、ホロが何百年と豊作を司っていたパスロエの麦畑を、人の知恵で築き上げた農法によって用なしにされ、追い出されたことだった。今も村長は森の木々の種類と下草の生い茂り方の関係や、家畜の放牧の周期と麦の収穫の関係について熱心に語っているが、神様のかの字だって出てこない。

豊作を祈願して光の届かない黒い森に捧げものをするような時代は、とっくに終わっているのだ。ホロは森を守りたい気持ちでいっぱいだったのに、もう森のほうは、ホロたちの住処ではなくなっていた。

「よいですか、商人様」

　ロレンスははっと我に返り、ホロから視線を村長に向け直す。

「いわばトーネブルクの森は、ここから荷車で出かけられる土地一帯の麦の生産を、足元から支えているといってもよいのです。しかし領主様はそんな大地の理屈を忘れ、海の連中に唆されてしまったのです」

　村長の吐き捨てるような言葉に、マイヤーが言い添える。

「海の港町は、陸の町や村とは違う理屈で動きます。彼らにとっては、麦など町を通過する商品のひとつにすぎません。なんなら不作になるのなら、船で外国から輸入した麦を高く売れるとさえ思っているでしょう」

　儲かりそうな商品なら節操なくなんでも荷馬車に積み、町から町に運んでいたロレンスには耳の痛い一言だ。

「ただ、領主様がカーランに賛成した理由も、まあ……一理あるといえば、あるのです」

　マイヤーがそう言う頃には、単に草が刈られただけの粗末な道から、普段から人が通って踏み固められたそこそこの道になって、森の側に広がるわずかながらの平野と畑も見えてきた。

　サロニアより収穫が早いのか、麦の収穫はだいぶ前に終わっているようだ。

「港町カーランの目的は、木材だけではありません。森に道を通したうえで、地図を書き換えようとしているらしいのです」

「地図を？」

ロレンスが聞き返すと、村の中心部が見えてくる。

収穫された麦や、その他の野菜、それに森でとれた木の実や蜂蜜も並んでいるらしいささやかな市の立つ広場には、その規模からは意外なほど多くの人が集まり、荷馬車もあった。

小さいながら活気に満ちた、ロレンスにもなじみ深い農村市場だ。

「領主様は、森と引き換えに、この市場が地図から消えるのを防ごうとされたようなのです」

ロレンスはうなずきかけたが、おかしいことに気がつく。

「ですが、森を切り開いてしまったらそれも」

深い森の側の村だが、木材の切り出しが主な産業には見えない。村の経済を支えるのは森のおかげで地味が肥えた畑であり、家畜たちのようだ。

「領主様は、この麦と蜂蜜の匂いを、鉄と炭袋で贖えると思っているのです」

「その鉄を打つ鍛治場からは、近隣一帯の麦畑の燃える匂いがすることでしょうな」

関所の居酒屋で、マイヤーは領主が計算違いをしていると言った。

なるほど、その計算違いはただトーネブルクの森のみならず、広くサロニアの麦畑にまで影響を及ぼしてしまう。

これは絶対に間違えてはならない計算なのだと、ロレンスは理解し始めたのだった。

第二幕

よそ者が村で歓迎されることなどめったになく、しかも領主の決めた計画をご破算にするためにやってきたとなれば、なおのこと慎重になる必要がある。

マイヤーと共にロレンスたちを出迎えた村長でさえ、必要悪として自分たちを見ているだろうと、ロレンスは感じ取っていた。魔法のように商いの揉めごとを解決するという評価も、そんな気持ちから出てきた言葉だろう。

そのためにロレンスは、村に商いにきた旅商人がよくそうするように、教会の客という身分で滞在することになった。

司祭は好々爺という評にぴったりの人物で、ロレンスたちを他意なく歓迎してくれたし、サロニアでの活躍も当然のように知っていた。特に鱒の養殖場を立ち上げた伝説的な在野の聖職者の話を熱心に聞きたがり、ロレンスは暖かい海からやってきたラーデン司教の話をしたのだった。

ロレンスとしては司祭から村と森の状況を詳しく聞きたかったが、この老司祭は信仰に篤く、村の人たちから尊敬されている反面、村や領地の経済には疎く、領主と領民の魂に平穏が訪れてくれればいいのですがと悲しげに言うのみだった。あちこちの教会のずさんな経営のために飛び回っていたエルサがいたら、またかと目をぐるりと回したことだろう。

そんなわけで、にこやかではあるがあまり収穫のない晩餐を終えた後。

ホロも肉が控えめで落ち着きすぎた食事が物足りなかったらしく、旅人用の客間に腰を落ち着けるや、積み荷を解いて燻製肉を取り出していた。

けれどいつもの浮き浮きした様子ではなく、マイヤーから受け取った蜂蜜酒も、口数少なに啜っている。

森が危機なのは同じでも、村人たちが心配しているのは森という存在そのものではなく、ましてやそこに住む精霊のことなどではなく、家畜の糞のことだった。ホロからしたら怒るのは筋違いとわかっていても、ふてくされるに十分なことなのだろう。

その一方で、ロレンスは話の重大さをひしひしと理解し始めていて、実りのない晩餐を少しでも埋め合わせようと、司祭からある物を借り受けてきた。

「なんじゃ、ぬしはなにを借りてきたんじゃ？」

ロレンスが文机に広げたものを見たホロが、怪訝そうに言った。

「地図だよ」

マイヤーは、港町カーランは地図を書き換えようとしている、と言っていた。さらにトーネブルクの領主は村の賑やかな市場を守るため、森を切り開く決心をしたというようなことも言っていた。

商いのコツは、相手の立場に立って物ごとを考えることだ。

「教会はなにかと人が立ち寄るところだからな。教会にある地図は結構信頼できる」

「どっちがどうなんじゃこれは」

文字を読める者は少ないし、それは地図も変わらない。そもそも大多数の人たちは、生まれた村から一生出ることがないのだから、地図など見る必要がない。それは真夜中の森でも方角を見失わず、行き先を確かめたければひとっ走りして山の尾根に登って遠くを眺めれば事足りてしまう狼にとっても同じこと。

それでもホロがいくらか地図を読めるのは、これまで幾度となく、ロレンスと一緒に蠟燭の灯りの下で地図を眺めてきたからだった。

「こっちが北で、俺たちが船に乗って下ってきたのはこの川だな。そこから南に下り、ここが今いるところかな」

地図のてっぺんを、サロニアから流れ出る川が左右に描かれている。その右端にサロニアが、川を下った先の、地図でいえば左上の端っこにあるのが、おそらく港町カーランだろう。地図の下、つまり森の南端には大きな池か湖らしきものと、その近くに領主の館らしき建物の絵があり、そこをさらに南に下っていけば、森を回り込むように東西に延びる道で地図が終わっている。

そして北と南の間を占めるのは、灰色に塗られた圧倒的な面積の森だった。

ロレンスたちのいる村は、広大な森の北東部分にくっついている。

「マイヤーさんの話では、この森を突っ切って、南に出る道をつくるように森を切り開くということだった」

燻製肉の中に軟骨があったらしく、ホロの口からは、ごりっという不穏な音がした。
蠟燭の火が赤い瞳を照らし、牙が光っている。

「たわけじゃな」

そう言って、新しい燻製肉を力強く噛みちぎる。

「商人の目からは、港町や領主の計算もわからないでもないんだが」

森は北東から南西へと斜めに広がっていて、名前から丘だろうと推測できる個所があちこちにある。おそらく容易に歩いて抜けられる森ではなく、七つもあるという村のほとんどが森の外にあり、森の中にある二つの集落でさえちょっと奥に入った程度なことから、本当に手付かずの森なのだろう。

教会を訪れた人々が次に向かう目的地への道を記したこの地図もまた、どの道も森を大きく迂回して書き込まれている。

「港町カーランがここ。それから地図を南に下った森の南端にあるこれは、湖か池なのかな。とにかくここから小さな川がさらに南に流れている。ということは、もしも森の中を突っ切ってこの池まで道をつくれれば、ここからは船に乗って簡単に積み荷を南北に運搬できる。便利な商業路のできあがりだ」

森の北からの道が南の池に繋がれば、そこには渡し船の桟橋がつくられ、荷を保管する倉庫がつくられ、商人や旅人の泊まる宿がきのこのように生えてくるだろう。周辺は深い森なのだから、建物の建材や船の素材には事欠かない。炭焼き小屋と鉄鍛冶場をつくればいいというのも、商人なら真っ先に考えることだ。

南と北の地を繫ぎ、北側は海の港町へと続いているのなら、鉄や炭、それに木材を輸出するにも流通路として最適だ。たちまち賑やかな村となるのが想像できた。

「人が通れば税を徴収できる。木材も飛ぶように売れる。新しい村ができ、人口も増える。地図は大きく、書き換わる」

ホロの尻尾が、不機嫌そうに左右に大きく揺れた。

「じゃがこの計画を受け入れぬ場合、ここの村の火が消えると言っておったな。それはなんでじゃ？」

ホロが地図に指さしたのは、ロレンスたちのいる村だ。

木窓から顔を出して外を見たら、形の良い指先が空に見えたかもしれない。

「それは港町カーランの置かれた立地のせいだな。ほら、この森」

ロレンスはトーネブルクの森を指し示す。

「この森とこの地図を取り巻く、もっと大きな地図を想像してみればいい。港町カーランが内陸部と商品をやり取りするには、この森が邪魔になっている。彼らはサロニアから流れてくる川を頼らなければならないはずだが、それは川沿いの領主たちにも一目瞭然だ」

ホロは顎を上げてから、下げた。

「首根っこを押さえられておるわけかや」

港に船がやってきても、内陸部の町や村とやり取りできなければ倉庫で商品が腐るのを待つほかない。内陸部に輸出する唯一の道が川であり、ロレンスがその川沿いの領主の一人だったら、間違いなく弱みに付け込んで関所に重い税をかける。

だからカーランは内陸部に自由の利く道を通したがっている。

ホロは口に咥えていた燻製肉を、ぴこぴこと上下させる。

「トーネブルクの領主がカーランの提案を断るならば、新しい道は森の西側を大きく迂回せざるをえないとかなんとか言って、領主を脅したんだろう」

ロレンスが地図の左端を指でなぞる。

「森の西側に道をつくられてしまうと、この村を経由して南に向かっていた商人たちの、ただでさえ細い流れが完全に途絶えてしまうはずだ。少なくともカーランからの商人は、山ほど税を取られる川を遡ってまで、森の東側に回る理由はなくなってしまう。するとどうせ立ち寄るのだからと手がけられていた商いもなくなり、ここの村人たちは自らの背に荷物を背負い、遠くに売りにいく必要に迫られる。道も悪いからなおさらだな」

ホロは燻製肉を咥えたまま、もごもごと咀嚼している。きっと、ロレンスたちがここにくるまでに渡ったおんぼろの橋のことを想像しているのだろう。

「とはいえカーランとしても、この広大な森を迂回した西の道を簡単につくれない理由が、なにかあるはずだ。それならさっさとそっちに道をつくってしまえばいいんだからな」

地図が途切れているのでわからないが、もっと海沿いに行けばそちらには既存の道がすでにあるのだろう。そちらとあまり距離が近いと、その道が通る領主たちと競合してしまうとか、そういう問題があるに違いない。

カーランはおそらく、これから発展しようとしている、後発の港町なのだ。しかし周辺はすでに古株の権力者たちがどっしりと構えていて、カーランが割り込む余地はほとんどない。

どんどん体が大きくなるのに、服が小さいままで苦しむ子供みたいな話なのだろうと予想できた。

「そもそも、新しく道をつくるのは大変なことだしな」

ロレンスは言いながら、ホロの手にあるマイヤーからもらった蜂蜜酒に視線を向けると、ホロは渋々渡してくれた。手を伸ばし、一口啜ってからホロに言葉と一緒に返す。

「川ならば税を徴収しやすいが、普通の道だとそうもいかない。だから領主は通常、道の敷設や維持費用を、周辺に住む者たちの賦役というかたちで賄うしかない。村人たちは権力で強制され、週に三日とか四日とか、タダ働きさせられる。その間、もちろん畑は放置され、生活は苦しくなる。俺はてっきり、その手の困難で村が潰れると訴えられると思ったんだが」

けれどあの村長は、家畜と、麦畑の肥料としての糞と、その家畜を支える森という循環の話に終始していた。

「あの感じだと、賦役はあるにしてもあまり重くないんだろう。つまりは領主がなかなかのお人好しで、村人を酷使するつもりがないということでもある。ただそうなると、足りないものは別のなにかで埋め合わせる必要が出てくる」

ホロは酒を口にしようとして、やめていた。その理知的な目が、地図に注がれている。

「道をつくるという意味では、森の中を通る道のほうが何倍も困難な仕事になる。けれどこっちなら、道を切り開く際に伐採する木材が手に入る。その後の鍛冶場の建設など、諸々の見返りを見込んで、道をつくる費用に充てることができる。特にカーランは木材が欲しいらしいから、トーネブルクの領主にあれこれ妥協してでも、そろばんが十分に合うと考えた。一方の領主からすれば、森を迂回されるよりかは提案を受け入れたほうが得なのではないかと考えた。たとえ、森の豊かさをいくらか失うにしても」

「ふむ」

「それにマイヤーさんは優秀な森林監督官みたいだから、領主から命令されて、森の中で最適な道筋を見つけろと言われたら、見つけてしまったんじゃないかな」

そうして領主とカーランの参事会は、互いに採算が取れると踏んで、手を組んだ。

「これが、商人の世界の話」

ロレンスは、言った。

「狼だとどう考える？」

問われると、ため息をつくように鼻を鳴らしたホロは、ベッドに腰掛け直した。それから筋ばった燻製肉を首を振って噛みちぎっていたのだが、ホロがこんなふうに狼みたいな振る舞いをする時は、大抵機嫌が悪い。

「そんなところに道をつくるのは、愚の骨頂じゃ」

ロレンスは地図を見て、ホロを見る。

「それは、村長さんの話したようなことか？」

森の恵みが失われる。ホロも家畜を放牧して小麦畑に施肥をするような農法のことはわからずとも、森の植生のことなら誰よりもつぶさに見てきたはずだ。

「人が多く歩き、その道沿いでは炭を焼いて、鉄を作るんじゃろう？　そうなるとその道は森を通るただの道ではありんせん。大きな森を真っぷたつに分断し、まったく別の森をふたつつくるようなものじゃ」

ロレンスの反応が鈍いとわかったようで、ホロはため息をついて言葉を続けてくれた。

「たとえば狐じゃ」

「狐？」

「ぬしら商人は、荷物を運ぶ道を頼りに土地のことを考える。これはいわば猫じゃ。猫は軒先から軒先に至る道を縄張りに生活しておるからな」

面白そうな話で、ロレンスは椅子ごとホロのほうを振り向いた。

「領主やらは典型的な犬っころじゃ。ここからここまで自分のもの、とその紙っ切れを塗り分けていく」

「狐は？」

「狐はその両方に似ておるが、貪欲さでずぬけておるからのう。ある程度の広さがない森には住み着かぬ。大きな森をふたつに分けたら、縄張りがふたつになるわけではありんせん。単に連中には狭すぎて、どちらにも住めなくなるだけでありんす」

へえ、と感心しかけたが、その話がどう繋がるのかよくわからないでいると、できの悪い弟子を見るような目をホロから向けられてしまう。

「狐がいなくなれば鼠が増えて、小鹿も襲われなくなるから生き延びやすくなりんす」

「ん……？　あっそうか」

「鹿も鼠も、どちらも多すぎれば木の芽をかじり、森を痩せさせる原因じゃ。そういう森は背の高いとげとげの葉の木々ばかりになって、暗くてがらんとした森になるんじゃ。山羊やら豚やらを肥やしたいのなら、あまり良い森とは言えぬじゃろうな」

とげとげの葉の木々というのは、針葉樹のことだろう。背が伸びにくい広葉樹は鹿やらの食害に会いやすく、背が高く伸びていく針葉樹ばかりが生き残る。すると天上で光を遮り、足元にはほとんど新しい草木が生えなくなるから、まさに村長が熱心に語っていた麦畑を支える下草たちに、とても大きな影響が出てしまう。

「見た目は奇麗などんぐりみたいなものじゃ。虫穴ができておったら、間違いなく中は食い荒らされておる」

森の中に道を通し、炭焼き小屋や鍛治場をつくり、さらにはサロニアからの木材輸入の代わりにトーネブルクの森から木材を切り出す。その結果として森の見た目こそ維持できたとしても、内部は大きく変化してしまう。

それはまさしく、虫が木の実に小さな穴を開け、内部を食い荒らすよう。

「わっちからすれば、そんな森でもやがて蘇るのを見ていられるがのう」

口ぶりから、それは人の人生の尺度では測れない、悠久の時の長さだとわかる。

それは自然と、村長やマイヤーの話がもはや大袈裟な誇張ではないことを示している。

「ただ、マイヤーさんも、きっと領主に説明したはずだよな？」

ロレンスの言葉に、ホロはなにも言わず酒を啜っていた。多分、マイヤーの優秀さから、マイヤーならそのくらいわかっているはずだとホロも思ったのだろう。

だとすると領主は縁の遠い話に理解が及ばなかったのか、あるいは理解したうえでそこまでひどいことにはなるまいと思って、カーランとの計画を進めようとしたことになる。それで進退窮まったマイヤーは、サロニアで見かけたロレンスに泣きついた、というところだろうか。

ロレンスはため息をついて椅子から立ち上がり、ふてくされているホロの隣に座ると、そのままベッドに仰向けに倒れた。

天井を見つめていると、ホロがなんともいえない顔で、見下ろしてくる。

「少なくとも紙の上では、よくできた計画だと思うんだよ」

それゆえに、領主はおそらく前に踏み出した。懸念はあるが、懸念のまったくない商いの計画は、詐欺か検討不足かのいずれかだ。領主の決断が愚かとも思えない。

マイヤーは、領主のそろばん勘定の誤りを正してくれと言っていた。その計画はそもそも成り立たないものだと。

さて、森と麦畑を守るためにどうするべきか。

ロレンスが大きなため息をつくと、ふと、腰掛けたままのホロの横顔に視線が向いた。

聡いホロはすぐに人の視線がわかるようで、耳をぴんと立てている。

けれどロレンスのほうを振り向かなかったので、ロレンスはこう言った。

「よくも厄介な問題に放り込んでくれたな、なんて思っていないよ」

ホロの尻尾が、たちまち深呼吸した兎みたいに膨らんでいた。

「犬も歩けば骨を見つけるって言うだろ」

「……」

ホロが肩越しに振り向くが、なかなか見られないくらい嫌そうな顔だった。

「なにか行動すれば、必ずなにかしら起こるという、古い人間の残した言葉だよ」

ロレンスは少し笑いながら、左手の手元にあったホロの尻尾の毛に指を絡ませる。

たちまち尻尾は逃げ、ロレンスの手の甲をびしりと叩いた。

「禍福はあざなえる縄のごとく」

しつこくホロの尻尾の毛を指でつまみ、糸を撚るように指に絡ませる。

「良いことも悪いことも、撚った縄のように交互に入れ替わる。そしてその縄は、大事な存在を繋ぎ止める頑丈な縄だ」

悪戯される自分の尻尾を見つめていたホロは、納得しかけたような顔をしてから、その顔をしかめた。

「後半は嘘じゃろうが」

「まだことわざにはなってないが、きっとニョッヒラには広まるだろうと思っている」

ホロは目を細め、それから疲れたように肩を落としていた。

「それにこの問題にここで出会えてよかったよ。サロニアくらい大きな麦の産地で実りが悪くなるなんてことになったら、巡り巡ってニョッヒラが仕入れる麦の値段にも影響するはずだからな。仮に領主の説得に失敗しても、俺たちは先回りして対策を取れる」

商いの話になると熱の籠もり方が違うのか、ホロは疑うでもなく聞いている。

「よほどへまをしなければ、この話は俺たちの得にしかならない」

マイヤーからの話を受ける時には自分を騙すようなことまでして自分を納得させたが、この言葉は嘘でもない。

　ロレンスはホロの尻尾の毛を指でつまむのをやめ、手のひらで撫でた。

　二日酔いやら移動やらで、やや手入れが滞っていても、相変わらずふかふかだ。

　あんまり尻尾をいじられるのが好きではないホロは、やや嫌そうだが、甘んじて受け入れていた。それは解決策もなさそうな問題にロレンスを巻き込んでしまった、という負い目かもしれない。

　けれど商人の舌は二枚ある、なんて言われることもあるように、実はロレンスにはひとつの考えがあった。

　ホロの尻尾をいじくりまわしていたのは、その考えをまとめるためだ。

　ロレンスは自分のことをそれほど優秀とは思っていないが、周りと比べて有利なことはあると思っている。それはホロという存在であり、そういう存在がいると知っているからこそ、他の人間が想像もつかない角度で物ごとを見ることができる。

　この森を切り開く計画もまた、そうだった。

「要は領主の計算が合わないようにすればいいって話だからな。そういうことなら、やりようはあるかもなと思う」

　ホロが驚いて目を見開く。

「本当かや？」

「多分な。ただ、ちょっと確認は必要だから、明日はマイヤーさんに言って……」

ロレンスは話しながら、大きなあくびをしてしまう。なんだかんだ移動が続いているし、久しぶりに大きな問題に直面して、自分が思っている以上に頭を使い続けていたようだ。眠るなら蠟燭を消し、木窓を閉じて、この季節はもう夜中は冷えるから毛布を掛けなければ……と思うのだが、億劫で目が開かない。

けれどふっと瞼の向こうの明かりが消え、ぎいっと木窓の閉じる音がした。それからひときわ大きくベッドの木組みがきしんだかと思うと、毛布が掛けられた。

これまでロレンスが何度も繰り返してきた就寝前の作業だが、年に一回くらいはこういうこともある。

「わっちゃあ豊作を司る狼じゃからの」

毛布の下でホロが呟いた。

ロレンスはその夜、土に埋められる種籾になった夢を見た。

せいぜい良い花を咲かせられるように、頑張らねばと思ったのだった。

老司祭と一緒に聖堂で朝の祈りを捧げ、神に感謝しながら祭壇に捧げられていたぱさぱさの古いパンを渡されて仕方なくかじっていたら、マイヤーが迎えにきた。

ついでに村の共同パン窯で焼き上がったばかりというパンも持ってきてくれたのは、領主が村に滞在した時に、老司祭と一緒に質素な食事をした後のお決まりの対応なのだろう。

「私のほうでも、ロレンス様にはなにをお見せするのがよいかと考えていたのですが」

朝の農村を歩きながら、自分の顔ほどもある焼き立てのパンにかぶりつくホロに微笑んでから、マイヤーはロレンスに向けて言葉を続けた。

「村の鍛冶屋……でよろしいのですか？」

むしろ小さな市と麦畑を見たほうが、より問題の核心に迫れるのではと言いたそうなマイヤーだが、ロレンスはうなずき返す。

「ええ」

マイヤーは昨日の村長の話が伝わっていないのではないかと気を揉んでいるようだが、ロレンスは鍛冶場にこそ用があった。頼まれたら否とも言えず、マイヤーはロレンスたちを連れて森のほうに歩き出す。

鍛冶場は水と木材を大量に使うので、大体こういうところでは森の中にある。

「それと昨晩、司祭様に領地の地図を見せてもらいました。あの地図が信用できるのだとすれば、領主様の判断はもっともだと思うところもありまして」

うなずくマイヤーに、こうたずねる。

「港町カーランも、町を発展させるためには内陸部に向けた道をどうしてもつくる必要がある、ということであっていますか？」

「あっています。カーランは良港を抱えているのですが、このトーネブルクの森があるせいで、内陸に向けてはロレンスさんたちも利用されていた川だけが頼みの綱です。ただ……」

　マイヤーが言葉を濁すと、山羊と羊の群れがちょうど前方を横切っていく。

　家畜を追いやる村人がマイヤーに丁寧に挨拶していたので、彼らもこれから森に入るのだろう。

「森に道が敷かれたとして、いかほど人が利用するものなのか、私にはそもそも疑問なのです」

　村長はともかく、少なくともマイヤーは森の荒廃だけでなく、領主のそろばん勘定に誤りがあると思っている。

「港町カーランが領主様に約束しているほどの利益はあがらないと？」

　貴重な森を切り開く代わりに、領主は諸々の利益を見込んでいる。木を伐り出すついでにつくられる道をカーランからの商人が通り、そこで徴収される通行税は結構な金額を見込んでいるに違いない。

「森を抜ける道は、確かに一見便利かもしれません。森の南の端から流れ出る細い川に乗れれば、ロエフ川にまで続いています。しかし途中にめぼしい町はありませんし、その下流にはケルーベ、上流にはレノスというふたつの大きな町が控えているといっても、レノスはケルーベの忠実な僕のようなものですし、カーランにとってケルーベは意地悪な兄のような存在なのです。似たような商品を取り扱う、同じ港町ですからね」

昨晩ホロがしてくれた、縄張りの話が思い出される。

町には商圏があり、それは猫と犬を足したような縄張りを描く。

流通する商品には限りがあり、それをより多く確保したほうが勝つのだから。

「ケルーベは自分の縄張りに、カーランが出張ってくるのをよしとしないでしょう。そもそもカーランが森のずっと西側、海に近い道を使いたがらないのは、そこはケルーベの縄張りであり、関税を巡っていざこざが絶えないせいなのです」

昨晩地図を見ながらあれこれした類推は、大体あっていた。

そしてマイヤーも、カーランがそのことをわかっていないはずがないと思っている。

となるとお人好しの領主が騙されて、一番割りを食う格好になっているはずだ。

マイヤーはその可能性を、その狩人のような目で見据えている。

「しかし商人でもない私がそんなことを言っても、領主様は聞く耳を持たないのです。私が海の魚の取り方について話すようなものと思われているのでしょう」

誰がなにを語るのかというのはとても大事なことだ。

「そして森の下草と麦のことは、あまりに遠大な話です。森と、畑と、広い空の下で多くの時間を過ごす者だけが理解できる話です」

ものごとの思いもよらない連鎖は、商いをしていればしょっちゅう目にする。それゆえにロレンスも、村長たちの話をすぐに手触りまでわかりそうな話として理解できた。なによりホロという森の民がいる。

しかしロレンスは、マイヤーと話しながらもあまり悲観はしていなかった。昨晩ロレンスがホロの尻尾を撫でながら考えたことであれば、多分、領主の考えを揺さぶることはできるはずだと、ほぼ確信していたからだ。

マイヤーの先導を受け、村から離れて森に向かって進むと、たちまち家がなくなり、木々が多くなっていく。緩やかな坂道を登っていけば、そこはすぐに深い森の中。

村の中は小石が目立つ踏み固められた地面だったのが、草の生える土に変わり、足が沈み込む腐葉土に変わる。さらにその上にたっぷり枯草が積もっているせいで、雲の上を歩いているようだ。

朝の森の中は湿った土の匂いがして、目を閉じるとニョッヒラにいるような気にもなってくる。それでもどこか違う匂いだなと思っていたら、かさこそ頭上で音がして、木の上を栗鼠が走っているのが見えた。足元ではちょっと間の抜けた鼠が枯葉の隙間から飛び出し、慌てて木のうろに隠れたりと、ニョッヒラの森よりだいぶ賑やかなようだった。

「良い森じゃ」

しばらくマイヤーと言葉を交わしながら歩いていたが、昨日の旅路のようにマイヤーが再び先んじて道の様子を見にいくと、ホロがぽつりと呟いていた。

「この道、昔の川の跡なんだってな」

誰かが木を切り倒し、丁寧に切り株も掘り起こしたような森の中の道は、周囲の地面よりもずいぶんくぼんでいる。雨が降るたびに少しずつ削られた溝がやがて川になり、その川でさえも巨木の倒木や落ち葉の堆積で流れが変わってしまう。森は常に変化し生きているのだということを、ロレンスはいつだったかニョッヒラの山奥でホロから教えてもらったことがあるが、トーネブルクの森はずいぶん活きがいいわけだ。

マイヤーの言によれば、トーネブルクの森を含む周辺地域は湧水が多く、そのせいもあって地形が起伏に富んでいるのも影響しているのだろう。

道を通すとしたらおそらく、この川跡の通路をたどっていくつもりなのだろうが、ロレンスは実地に森の様子を見て、自分の予測を確信する。

これならばきっと、うまくいくだろう。

ホロはロレンスの考えていることがわかっているのかいないのか、夜が明けてからも詳しく尋ねてくることはなかったし、ロレンスも説明しなかった。説明にはちょっと状況の助けを借りたかったからだ。

頭上を木に覆われた森の中の道を、自分が子鼠になったような気になりながら歩いていくと、やがて道の先が急に明るくなっているのが見えてきた。そこは鬱蒼とした森の中の広場であり、魔女でもたたずんでいそうな静かな池のほとりである。

そしてその池のほとりに、今にも崩れそうなほど苔むした、二棟の建物が並んで建っているのだった。

「嫌な匂いじゃ」

不機嫌そうなホロの言葉にロレンスは小さく笑い、マイヤーと共に建物に近づいていくと、ロレンスでもわかる炭と鉄の匂いがした。森の馥郁とした香りとは違う、鼻の奥をこするようなとげとげしい匂いだ。

「おんや、マイヤーさんじゃねえか」

二棟ある建物の内、一棟は壁がない東屋形式になっている。屋根の下には用をなさなくなった鉄製品や、炭の山があって、そこで埋もれるようにして、もろ肌の壮年の男が体中から湯気を立てながら作業をしていた。

「親方、今日も忙しそうですね」

「へっ。暇をしてたら森に飲み込まれちまうからな」

親方と呼ばれた男は背後の森を振り向いてから、分厚い革の手袋を外し、ロレンスとホロをじろりと一瞥する。

「弟子入りってわけじゃあなさそうだが」

ホロは森の民代表として抗議を示すためか、ふんとそっぽを向いている。代わりにロレンスが笑顔で挨拶しておく。

「こちらは旅商人のロレンス様と、その奥様です。森に道を通す件で、私たちのお味方を」

親方はマイヤーの紹介に、ほう、とうなずいた。

「そいつは失礼した。ここは煙っぽいだろ。中で話そう」

ホロが不機嫌そうなのを、炉から立ち上る独特の金属臭のせいだと思ったらしい。

森の中で操業する鉄鍛冶の親方は、隣の建物の扉を開けて、中に入っていく。親方についていくマイヤーにロレンスも続こうとしたが、ホロが動かないことに気がついて振り向いた。

鍛冶場の敷地に入りたくない、ということかと思ったが、ホロは森の奥のほうを見つめていたのだ。

まるで、森の中の仲間から呼ばれたかのように。

「ホロ」

ロレンスは、その名を少し強く呼んだ。

「俺を置いていかないでくれよ」

どこか茫洋としていたホロが、ロレンスを振り向いた。

「俺だけじゃ食べきれないくらい、干し肉があるんだから」

遠い森の奥を見つめていた赤い瞳に、ゆっくりと光が戻ってくる。

夢の一場面のように森と同化しかけていたホロの輪郭が、くっきりと明らかになる。

「んむ。人の世は森の中より美味いものが多いからのう」

森に帰るのは今しばらく後回し。

ロレンスがホロを伴って建物の中に入れば、ちょうど親方が濃い麦酒を用意してくれたところだった。


醸造鍋は自分でこしらえた自慢の一品らしく、それで仕込んだ麦酒を水のように飲み干した親方は、忌々しげに言葉を放つ。

「森は湧き出る泉のようなものだ。湧き出る以上に汲み上げたら、やがて枯渇するってのが世の理だ！」

建物自体恐ろしく古いし、おそらく代々特権を得て森の中で操業している鍛冶場なのだろう。壁にはもはや現役とは思えない道具類が誇らしげに飾られているし、十年や二十年でそうはなるまいという風格を湛えている。

ロレンスはそれらの品をざっと見て、もちろんすぐにお目当てのものに気がついた。それから、ホロが建物の中に入ってたちまち、表情を硬くしていたことにも。

「だから俺は別に、この鍛冶場の特権を守るためだけじゃなく、森のために領主様の計画は間違いだと思ってるんだ」

　森の中に道を通し、木材を切り出したり新しい鍛冶場をつくったりするのは、この親方の領域を荒らす行為となる。だから親方が計画に反対するのは、特に意外なことでもない。

「私も諸国を遍歴してきましたが、これほどの森にはなかなかお目にかかれません。できればそっとしておくのがよいと思っています」

　ロレンスの言葉に、親方はうんうんとうなずいている。

「ですから領主様のお考えを、できれば翻したいという意味でお尋ねするのですが」

　ロレンスは、森の住人にとっては敵の拠点である鍛冶場の建物の中で、所在なげにしているホロをちらりと見てから言った。

「この森に新しく鍛冶場をつくるとしたら、どれほどの苦労が予想されると思いますか」

「うん……うん？」

　親方には意外な質問だったようで、肩透かしを食らったような顔をしていた。

「鍛冶場をつくる……苦労？」

「はい。鍛冶場のつくりやすさとでも言いましょうか」

「いや、商人さんよ。俺は新しく鍛冶場をつくるのは馬鹿げてるって話をしてるんだ」

　森に住む頑固一徹の職人らしく、筋肉ではちきれんばかりの両腕を組んでいる。炉の火で縮れた長い髭の奥でむっつりしている顔には、すごい迫力がある。

なにが起きても動じることなく、すべてを自力で解決できるし解決してきたという自負に満ちたその様子は、手伝いの小僧の姿が見えないことからも、きっと文字どおりの一人親方なのだろう。

実際、この部屋には鍛冶場のための道具のほかに、生活に必要なあらゆるものがそろっているのがすぐにわかった。部屋の隅にはぼろきれが積み上げられ、ちょうど親方の体格にへこんでいるのを見ても、この親方がほぼこの森の中の鍛冶場小屋で過ごしているのがよくわかる。

ロレンスは駆け出しの行商人の頃、商売敵のいない、道が悪くて他の商人がいかないようなところばかりを狙って商っていた。

だから街中で羽ペンの先を舐め、商いとは数字を操ることだと思っている商人たちが実感できない様々なことを、身をもって知っている。

そのうちのひとつに、ホロと出会ったばかりの頃はそれが原因で喧嘩にもなったようなことがある。

ロレンスが聞きにきたのは、まさにそれだ。

「森の中に新しく鍛冶場をつくるのは、村の中に新しく家を一軒建てるのとはわけが違うはずです。ましてや、それを維持しようと思ったのならば」

なおも訝しそうにする親方の背後には、ギラリと光る大ぶりの斧や鎌があるし、なんなら長剣や槍まである。自分で作った品を飾っている、というにはあまりに使用感に満ちたそれらは、常にこの鍛治場を飲み込もうとする森そのものと戦うための道具類だ。

そして戦いある所に、戦勝の記念品あり。

壁に大きく掲げられているのは、親方と同じくらいの背丈の、立派な狼の毛皮だった。

「森の怖さを知らない町の職人たちが、背中に荷物を担いで森の中を歩いてくるわけです。そうしてどうにか鍛治場をこしらえた後には、そこで昼夜問わずの作業に入ることになります。どうですか？　彼らは無事、朝を迎えられるでしょうか？」

親方はロレンスの視線の先を追ってから、ははあと大きくうなずいていた。

「なるほど、そういう意味か。村の市に立ち寄る町商人の中にも、ちょっとこの鉄製品を打ち直してくれなんて言って、のんきにパンなどかじりながらふらふら森の道を通ってここにくる奴がいるが、俺はそういう間抜けに刃物は渡さんようにしている。森を知らない奴らが森で過ごすほど、危険なことはない」

親方はマイヤーを見て、それからロレンスに視線を戻す。

「森は敵地の真っただ中だ。月のない夜に鍛治場を狼の群れに囲まれたことは、一度や二度じゃない。小僧を置いていないのも、小僧らはすぐ森に飲み込まれてしまうからだ」

ちょっとした不注意で襲われ、姿を消してしまう。

そんな事故が何度かあったのだろう。

「ただ、もちろんマイヤーさんは、森を切り開いて道を通したり鍛治場をつくるためには、狼対策の費用が掛かることを、領主様にすでに進言していると思います。いかがですか」

なにか言いたそうにしていたマイヤーは、もちろんとばかりにうなずく。

けれど口を開かないのは、ロレンスがその先の話を持っていると気がついているからだろう。

「私が思うに、領主様が狼の話を耳にしてもなお計画に賛成されたのは、うまく想像ができなかったからでしょう。狩りで森に入られることはありましょうが、数多の勢子や、マイヤーさんのような森に通じた者たちに囲まれての野営でしょうからね」

ロレンスの口上に、マイヤーがやや躊躇ったのち、言った。

「ロレンス様、確かにこの森には狼がいますが、そこまで危険かと言われると――」

「いえ、いえ、マイヤーさん。危険なはずです。あまりにも危険すぎて、狼の襲撃から身を守りながら道を切り開くなど、傭兵の千人隊長が必要な大事業になるはずです。その費用となれば、もはや青天井でしょう」

マイヤーや親方が戸惑うような芝居がかった振る舞いの最後に、ロレンスは茶目っ気たっぷりに微笑んでみせる。

それでようやく、二人はロレンスの言葉の意味に気がついていた。

「狼の害を演出すると？」

その問いに返事をする前に、ロレンスはさりげなくホロを見た。なにをさせられるのか想像がついているのだろうホロは、靴の中に小石が入ったような顔をしている。

「私たちの住む山奥深いニョッヒラには、凄腕の狩人がごろごろおりまして。彼らの扱う猟犬もまた、よその土地では狼と見まがうものばかり」

ロレンスたちが旅に出ている間、湯屋を切り盛りしてくれているのは、やはり狼の化身であるセリムだ。さらに彼女の兄や仲間がニョッヒラから少し離れた山奥で修道院を構えていて、何食わぬ顔で、礼拝をしたがる温泉客をもてなしている。ホロが彼らにひとつ頼めば、喜んで協力してくれるだろう。

ただ、狼が人を襲うという話はホロとの間では禁句に近いし、実際に親方は身の危険を感じて狼を討ち取ってまでいる。そこにさらに人と狼との対立を煽るような真似をするとなれば、ホロの顔が浮かないのも理解できる。

けれどロレンスは商人だ。

真冬のニョッヒラにおいてさえ、氷を売ってみせる自信がある。

「それにこう考えてください」

ロレンスはホロにもちらりと視線を向けてから言った。

「トーネブルクの森の狼は、厄介で巧緻に長けているかもしれません。けれど長年渡り合ってきた彼らが、海の連中の甘い考えを正してくれるとしたらどうですか？　それはなかなか、爽快ではありませんか？」

親方がほうと呻き、マイヤーが顎を引いている。

ロレンスは、誰が敵で、誰が味方かの線を引き直したのだ。

森の中では狼の敵である鍛冶屋の親方も、森の民と海の民という対立の中でなら、同じ森の民の狼の肩を持つだろう。そしてこれは、ホロにとっても同じことのはずだった。

これは狼がただ単に人の敵となる話ではない。森の民としての誇りを守るため、森の人間たちと共によそものと戦うのであれば、大きく話は変わってくる。

実際に親方は、ほどなくこう言ってくれた。

「森の恐ろしさを知らん海の連中に思い知らせてやるには、確かにいい機会かもしれん。そもそもこのトーネブルクの森の狼を、よその森の凡百の狼と一緒にされては困るからな」

敵としてその手ごわさに敬意を払う。

そんな様子の親方を見て、ホロがなんとも言えないむずがゆそうな顔をしている。

同じ話を昨晩、あのベッドの上でしたらどうだったか。

ホロは人との対立を恐れて、ロレンスの提案を蹴ったかもしれない。

けれど親方の反応を見やれば、親方もまた、単純に狼を憎んでいるわけではないのがわかるはず。状況が変われば、いくらでも仲間になれるのだと。

結局ホロが力なく息を吐いていたのは、狼にとっても悪い話ではない、とわかってくれたからだ。

「私は商人です。人は得をする以上に、損することを嫌がると知っています。この森には恐ろしく厄介な狼がいて、道を通すにはありえないくらい費用がかかりそうだぞと目で見てわかれば、海の民であるカーランのみならず、領主様も考えを改めることでしょう」

道を通したり、鍛治場を新設するとなれば、森の中の調査はこの先もたくさんある。なんなら森が騒がしくなる前にという理由付けで、マイヤーに領主を狩りに連れ出してもらえばいい。その都度狼の脅威を思い知らせられれば、狼対策の費用が見積もりより跳ね上がりそうだということをしっかり骨身に染みて理解できるだろう。

これこそが、昨晩ホロの尻尾をもてあそびながら思いついたことだった。

「いかがですか。マイヤーさんや、親方にご協力いただけるようなら、早速知り合いの狩人たちに連絡を取りますが」

マイヤーと親方は互いに顔を見合わせ、そろって視線を壁に吊るされた狼の毛皮に向けた。普段から森に入る者であれば、その恐ろしさは嫌というほど知っている。

「ロレンスさん」

マイヤーはロレンスに歩み寄り、右手を差し出してくる。ロレンスがその手を握ると、今度は親方が熊のような腕でマイヤーごとロレンスを抱きしめた。

ただその場でホロだけが、納得しつつも気乗りしない、という体なのだった。

計画の成功を祈願してとっておきのご馳走を昼食に用意しようと、マイヤーと親方がそろって森の中に入っていった。残されたロレンスは、鉄を打つためのものとは別の竈で、料理のための火の番を請け負った。ついでにその火がホロの機嫌に燃え移らないよう、気を配りながら。

「セリムさんには俺から頼むから」

狼であるホロが、同じ狼の化身に猟犬のふりをしてくれなどと頼むのは、セリムたちは気にしないにしても気の重いことだろう。

それに人をあえて怖がらせることには、やはりこの心優しい狼には抵抗があるようだ。

「お前からは、この森の狼たちが本当に被害を出さないよう、説得してくれないか。その見返りは用意するからと」

ホロはなにかと狼の牙をちらつかせることがあるのに、本当に人と狼が対立するようなことを前にすると、驚くほどの繊細さを見せる。

ロレンスのことをお人好しとなじるのに、ホロのほうが根っこのところはお人好しなのだ。

「……わっちも久しぶりの旅に出て、浮足立っておったかもしれぬ」

木箱に座って背中を丸め、尻尾を神経質に揺らしているのは、自分の力を貸すなんて安易に口にしたことを後悔しているからだろう。

「ただ実際のところ、こうでもしないと領主の決めたことを翻すなんて無理な話なんだよ」

竈に薪を放り込みながらロレンスが言うと、ホロはむすっとしたままだ。

「ぬしが、こんなあからさまな手段に出るとはのう」

ロレンスより少し後ろにいるホロを振り向くと、ホロの目はロレンスを責めるように半分に細められている。なんだかんだ納得してくれたと思ったのだが、まだ狼の力を使うことに怒っているのかと思ったその矢先。

ホロが不服そうに言った。

「ここで頼るなら、他に頼るべきところがいくらでもあったろうに」

「え？」

ロレンスが聞き返すと、ホロはぷいとそっぽを向く。

ぱちっと薪が爆ぜて、ロレンスは我に返る。

ホロは狼としてのホロたちの力を借りることに対して怒っているのではない。

今まで狼の力を使わなすぎたことを、責めているのだ。

「湯屋を構える時に、お前の力を借りただろ」

新しい湯脈を見つけなければ新しい湯屋を構えるべからず。そんな掟がニョッヒラの湯屋の新規参入を拒んでいて、実際にめぼしいところは掘りつくされていた。

けれどホロの鼻と爪があれば、およそ人が掘り出すには多大なる幸運と労力が必要な湯脈でも、あっという間に掘り出せてしまった。それだけでロレンスは、ホロの枕元に一生林檎をお供えするだけの感謝をするべきだと思っている。

「それに……なんだかんだ頼っていたような気もするが」

あれこれ思い返すが、ホロの表情は晴れないまま。

一人娘のミューリにそっくりな不服顔で、こんなことを言う。

「にっちもさっちもいかなくなって、ようやくじゃろうが」

ロレンスとしてはそれがホロへの礼儀だと思っていたが、ホロからすると単にやきもきするだけだったのかもしれない。それに、にっちもさっちもいかなくなりがちだったのは、ホロにても、格好いいところを見せたかったということもある。けれどたとえそのことを理解していたとしても、ロレンスから頼られるまでホロはずっと歯がゆく、やきもきしていたのかもしれない。

その経験があったからこそ、ここではこんなにあっさり頼るのか？　とむくれているのだ。

ロレンスは木の枝で竈の中の炭をいじくってから、こう言った。

「切り札はいざという時に使うもので、今がそうだと思う。だって、ほら」

ロレンスは竈の火から顔を上げ、周囲を取り囲む深い森を見やる。

「こんな森を失うかどうかの分かれ道で、しかも未来の麦畑までかかっている。そうだろう？」

ホロの耳は人の嘘を聞き分ける。そしてその耳は、ロレンスの言葉が嘘かどうか、微妙な判断に迷ったらしい。話を逸らすようにも聞こえたろうし、真面目な気持ちとしても聞こえただろう。

そしてそのどちらであっても、ホロはむくれたままだったはずだ。

「ぬしは羊のくせに、こういう時だけちゃっかり摑みどころがなくなりおって」

じめついた目でそんなことを言うホロに、ロレンスはこう答えるしかない。

「わかりやすくてつまらなかったら、とっくに飽きて別の骨をかじりにいってるだろ」

むっと口をすぼめて目を見開いたホロは、それからたっぷりの間を開けて、ため息をつく。

それでようやく、いつもの賢狼らしい呆れた笑みを見せてきた。

「たわけ」

ロレンスは肩をすくめるばかり。ホロは座っていた木箱から立ち上がって、ロレンスの隣に腰を下ろし直す。

不機嫌はもう終わり、ということらしい。

「飯はなんじゃろうな」

「鹿じゃないか？　けど、森に入ったからって、そんなに簡単にはとれないか」

「この森ならば穴兎か、水が多いようじゃからな、あの尻尾が平べったい大きな鼠かもしれぬ」

「懐かしいな。あれもずいぶん食べてない」

ホロが言うのは水べりに住む大きな鼠のことで、その歯で木を削って巣をつくるという習性がある。そして水に住むからその肉は魚に近いという屁理屈で、聖職者も大手を振って食べられる人気食材だ。

「まだまだ食べておらぬ美味いものが、世の中にはありそうじゃな」

「そうとも。ただ、俺の財布には限りがあるが」

ロレンスの肩に頭を預けていたホロは、ちょっと体を離して嫌な顔をする。

「ぬしはケチな商人様じゃ」

「昔も今も変わらずな」

ロレンスがホロに笑いかけると、ホロも苦笑し、またロレンスの肩に頭を持たせかけてくる。

そのふさふさの尻尾がくるんと丸まり、ロレンスを抱き寄せるように腰の後ろに回される。

森の中の静かな水辺で、薪の燃えるぱちぱちという音だけがする。

ホロが満足そうに目を閉じているのを見て、ロレンスはそっと一息つく。

サロニアでの過剰な頑張りによってトーネブルクの森が危機に瀕したことは、どうにかこうにか取り繕えそうだ。ホロの二日酔いではないが、自分も少しは自戒しなければ。

そんなことを思っていたのがホロの耳に届いたのかどうか、ふっと背中に当たっていたホロの尻尾が離れ、体を起こしていた。ロレンスがそんなホロの様子を確かめる間もなく、ホロはフードを被り直し、外套の裾で尻尾を隠していた。

マイヤーと親方がもう獲物を捕まえてきたのだろうか。

そう思って周囲を見回して、村に続く森の道の向こうに、ロレンスは人影を見つけていた。

確かにマイヤーと親方がいる。けれどその顔は浮かず、どちらかといえば獲物として狩られたといったほうが相応しいし、実際にそうなのだとすぐにわかった。

なにせその二人の後ろには、馬に乗って威風堂々とした、明らかなる領主ご一行が控えていたのだから。

「そなたが噂の商人か」

馬上より向けられた視線と言葉に、ロレンスは咄嗟に逃げ道を目で探してしまう。

「我が領地の決定に、なにやら異を唱えているだとか？」

うなだれるマイヤーと親方。領主の馬の側に控えるのは、あまり着なれたふうでもない革の鎧に身を包み、やや頼りなく槍を構える農兵らしき者が二人。

それからなにか気を揉んだ様子の、あの気の良い老司祭だ。

誰が告げ口したのかはそれで明らかで、走って逃げるのも現実的ではない。

ロレンスはホロを守るように立ち上がり、慇懃に頭を垂れた。

「クラフト・ロレンスと申します」

髪に白いものが目立つ領主は、立派な口髭が揺れるくらい大きなため息をついて、馬から降りたのだった。

領主は笑顔でこそなかったものの、丁寧に名乗った。

「マチアス・エギル・トーネブルクだ」

膝をつくべきか否かロレンスは迷ったが、そのわずかな時間で、領主マチアスは顎をしゃくった。

「そなたに話がある」

即座に切り捨てず、お縄にもかけないとは、領主の決めた計画を台なしにしようとやってきたよそ者を前にしているにしては、ずいぶん寛容なことだ。

ただ、ロレンスもほどなく気がついた。このマチアスは寛容というより、どちらかというと色々なことに疲れ諦めている、といったほうが近いのかもしれない。

ロレンスはマイヤーたちの様子を見てから、慣れない槍を持って立っている兵たちを見た。

「余とそなただけだ」

森の中で始末されるとロレンスが考えた、とマチアスは思ったのだろうが、ロレンスが本当に心配しているのは別のこと。彼らがへたに暴力に訴えたせいでホロが怒り出し、全員を森の肥料に変えてしまうことのほうだ。

「そなたの噂はここ最近とみに耳にしていたからな。話をしてみたいと思っていた」

耳にしたのは、サロニアにおける木材商人たちとの関税交渉の件だろう。

ロレンスはうなずき、ホロに目配せした。ホロのほうも今のところは不穏な空気を感じていないようで、ふんと鼻を鳴らされるだけだった。

　ロレンスは念のため腰に差している短剣の位置と留め金を確認してから、一足先に歩き出していた領主を追いかけ、二歩後ろをついていく。

　道は村に向かうのとはまた別のもので、おそらくあの親方が日々森の中の用事で使うものなのだろう。貴顕を前にロレンスから話しかけるわけにもいかず、二人とも黙って森の中の道を歩いていく。木々の隙間から差し込むまだらの光が、領主マチアスの毛皮の外套に小鹿の紋様のようなものを作り出すのを見ていたら、ようやくマチアスが口を開いた。

「そなたはケルーベの人間なのか？」

　意外な一言、というわけでもなかった。ロレンスはすぐに、このマチアスがなにを心配しているのかわかったからだ。

　マイヤーの話の中で、ケルーベとカーランはどんな関係にあったか思い出せばいい。そしてトーネブルクは、カーランと大きな計画に乗り出そうとしている相棒だ。

　しかしカーランとの計画の邪魔をしにきたケルーベの密偵がいるとして、お前は密偵なのかと尋ねるのならば、もう少し色々と配慮が必要だろう。

　マチアスは愚鈍には見えないから、答えは彼の中ですでに決まっているのだ。

「ケルーベに赴いたことはありますが、サロニアでは教会の司教様に頼まれて、仕事を引き受けました」

「領主権を餌にされたとも聞いたが」

ロレンスは少し微笑む。

「怖れ多いことですが、もしかしたら、領主様と肩を並べて歩いていた未来があったやもしれません」

二歩後ろを歩くロレンスを振り向いたマチアスは、疲れた顔にわずかな笑みを見せ、隣にくるようにと手ぶりで示す。

「マイヤーはなんと言ってそなたを連れてきたのだ？　どんな褒美を約束して？」

この森の中では対等だ、と示すことによってロレンスの腹を割ろうというのならば、マチアスはなかなか気さくな君主だ。

ロレンスもいまさら駆け引きもないだろうと、特に考えることなく答えた。

「私のせいで貴重な森が枯れようとしていると言われました。それから、私の商人としての力量ならば、計画の金勘定が合わないと示せるとおだてられまして」

嘘ではないのだが、マチアスがあからさまに疑いの目を向けてきたので、こう付け加える。

「褒美については、蜂蜜や干しきのこなどを約束されました。湯屋の経営に必要でしょう？」

との言葉を添えられて」

マチアスはそれでようやく、マイヤーがロレンスのどんな尻尾を摑んで引きずってきたかを、理解したらしい。

「なるほど、守るべきものがあるのは、時に人を弱くする」

　領主は立派な口髭をつまみ、ため息をつく。

「それに私の金勘定ときたか」

　マチアスは乾いた笑い声を上げていた。

「金がない金がないと、頭を抱えていた私のことをよく見ていただろうからな」

　ロレンスがその横顔を見ると、マチアスは気安く肩をすくめてみせる。

「我が祖父や父は、厳しい時代にこの森を守るため戦いぬいた。いや、それしか考えていなかったというべきか」

　ロレンスは相槌も打たず、じっと続きを待つ。

「木材を売るか、森を切り開いて麦畑を拡張すれば、必要な金は手に入ったはずだ。けれどそうはせず、借金を重ねていった。あっちの敵を賄賂で懐柔し、こっちの敵には雇った傭兵を差し向けて、見事乱世を乗りきったわけだが」

　マチアスは胸を張り、森の清々しい空気を大きく吸い込んだ。

「残されたのはこの森と、莫大な借金だ」

　この世にタダのものはない。

「まあ借金だけならば、ゆっくりでも返し続けられるだろう。我が息子の代では終わらずとも、孫の代には終わるはずだ」

最初から踏み倒すつもりで金を借りる領主の話がいくらでもあることから、マチアスはかなり良心的な領主に入るだろう。

「しかし余も、金貨や銀貨の話に詳しいわけではない。手練れの商人の手にかかれば、余を説得するのはたやすいと思ったわけだな。違うかね」

ようやくマチアスの視線が向けられてきたので、ロレンスは誤魔化さずにうなずいた。

「お許しを」

マチアスは皮肉っぽく笑っていた。

あまり穏やかな方法とはいえないが、森を切り開くには現実的ではないくらい狼駆除の費用がかかる、と示す計画だったし、それはとてつもない効果を発揮するはずだった。それでもなお計画を進めようとするのは暗君以外にありえないと、誰の目にも明らかになったはずだ。

「もちろん、どんな提案をされたとしても、余は計画を推し進められる。しかしそれではどう見ても、愚かなのは余ということになる。それでは困るわけだ。わかるだろう？」

マチアスは臣下を力づくで支配するのではなく、従うに足る領主であったうえで、臣下についてきて欲しいと思っているらしい。それゆえに、ロレンスの存在にことさら気を揉んだようだった。合理的に計画のだめだしをされるようなことは、なんとしても避けたかったわけだ。

けれどそうすると、自然に導かれることがひとつある。

「私見を述べさせていただいても？」

　ロレンスの問いに、マチアスは苦笑する。

「余とそなたは肩を並べて歩いている。もちろんだとも」

「では失礼して。領主様は、いかような条件であろうとも、カーランからの提案を受け入れるしかない状況に陥っているということですか」

　その指摘は、自分の領地の運命の手綱を他人に握られている間抜けな領主、と言われているも同然なのだが、マチアスは怒りもせずに細く長いため息をついた。

「祖父と父、それからまあほかならぬ余も、この森を守りすぎたのだな」

　マチアスは遠い目で森の奥を見通してから、ロレンスを見た。

「教会から長いこと異端疑惑をかけられている」

「それは……」

　と、ロレンスの頭の中で新たな水路が開き、いっせいに新しい絵が描かれていく。

「なる、ほど」

　ホロも目をみはるくらいに良い森を見回して、ロレンスは呻いた。

　マチアスは森を切り開くという、その行為そのものを必要としていたのだ。

　決して神聖不可侵な森ではないと、異教徒のように森を崇拝しているわけではないと世の中に示す必要があったのだ。

　マチアスは疲れたように肩を落とす。

「教会を巡る情勢は大きく揺れ動いている。守旧派も、守旧派を責め立てる薄明の枢機卿派も、自陣営のために必死だ。仲間でない者は敵であるという雰囲気だ。わかるかね」

わかります、なぜならその薄明の枢機卿は私の息子と呼びたいくらいの青年なのですから。

ロレンスはそんなことを口にする自分を一瞬想像してから、ごくりと言葉を飲んで答える。

「領主様がいずれの陣営につくにしても、この森のことが問題になっていると」

「いかにもそうだ。どちらかの味方につかねば、両方から敵だと見なされる。しかしどちらの陣営につくにしても、この森には異端の匂いが染みついている。あまりにも良い森で、あまりにも深すぎる森だからな」

ニョッヒラならばこのくらいの森は珍しくもない。ニョッヒラよりもっと北に行けば、文字どおり誰一人足を踏み入れたことがないような、ホロたちの息吹が直接感じられるだろう森というのが本当にある。

けれどこの近辺はとっくに人の支配下になり、遠くまで見通せる平野が当たり前。

深くて黒い森というのは、あまりに特殊な存在なのだ。

「挙句に我が家の帳簿は借金まみれとなれば、余に手段を選ぶような贅沢は許されないのだよ」

ロレンスはうなずき、頭の中で状況を整理する。

「では森を切り開くというのは、木材を売って金を稼ぐ手段である一方、領主様がこの深い森の中でヒキガエルを崇拝し、泉に捧げものをする異教徒ではないと示すことでもあると」

典型的な異教徒の表現に、マチアスはかっかと笑っていた。

「そのとおりだ。カーランとしても我が森に道を通すことができれば、彼らの発展に繋がるのだ。教会のお偉方とのやり取りも、日頃から遠い土地と取引のあるカーランが仲介してくれる。我らは木材の切り出しと道の通行を許可することで、長年の異端問題と借金問題をまとめて解決することができる。余の代で息子たちのためにすべてを清算しようと思えば、神が与えたもうた好機と言わざるをえない」

それゆえに、マイヤーや村長がどれだけ森の危機を語っても、マチアスは聞く耳を持たなかった。そして業を煮やしたマイヤーが、いよいよ反論の余地を許さない対抗策を出しかねない商人を連れてきたので、マチアスはすべてを曝け出す方法を選んだ。

いや、とロレンスは思う。

マチアスはそんな単純な領主ではないはずだ。

「私にその話をする特別な理由が、領主様にはあるはずだと思うのですが」

マチアスは家の恥をロレンスに晒している。どこのものとも知れぬ、馬の骨にだ。

森の中でこんなふうに散策し、たくさんの選択肢を考えてきたのだろうマチアスは、ゆっくりとロレンスを見た。

「サロニアでのそなたの活躍は、カーランを経由して私も耳にしていた。サロニアからの木材割り当てが多ければ、それだけ余の森からの木材の積み出しは減るはずだったから、実にやきもきしたものだ」

「……恐れ、入ります」

「はっは。けれどもな、そなたがサロニアにて活躍した件について耳にした時、余が最も気にしたのは、実は木材のことではないのだ」

「木材、ではない？」

ロレンスの躊躇いがちの問いに、マチアスは言った。

「そもそもカーランの者たちの手腕を信じてよいものかどうか、不安になったのだ」

ややきな臭い雰囲気に、ロレンスは無言で領主を見やる。

「サロニアでの木材の関税交渉は、カーランの者たちが描いた計画の一環だった。だとすると、その実力はいかほどなのだと考え直さざるをえなかった。なにせふらりと現れた行商人にさえひっくり返されるようであれば、それ以上の計画などなおさら覚束ないだろう」

その懸念は理解できたが、同時に確かめなければならないことがあることにロレンスは気がついた。それはマイヤーと出会った時からずっと、頭の隅にあったことでもある。

「ひとつよろしいですか。カーランはなぜ、それほどまでに木材を？」

マチアスはうなずく。

「余が異端ではないと示すことにも通じているがな、カーランは世の中で不足している木材と引き換えにして、教会側の恩寵を得ようとしているのだ」

トーネブルクと違って異端視されているわけでもなさそうなカーランが、どうしてわざわざそんなことをするのか。そう問うのは、商いを知らない者だけだろう。なにせ教会以上に大きな商売相手は、この世に存在しないのだから。

「余は決して、この森に愛着がないわけではない。トーネブルク家が何代にもわたって守りぬいてきた森だ。それにおそらくマイヤーや村長が説明したろうが、この森は周辺の土地の麦畑も支えている。余はこの森の貴重さを誰よりも理解しているつもりだ。しかし帳簿は借金まみれ、挙句に異端でと疑われ、領地の維持そのものが危ぶまれているのだ」

背に腹は代えられず、マチアスは危険を承知で賭けに乗った。

しかし当の計画の首謀者の実力に、疑問符がついてしまった。

とすると、マチアスがそんな話をロレンスに洗いざらいしてみせるのは、単なる愚痴を聞かせたかった、というだけであるはずがない。

ロレンスがそこまでたどり着くのを待っていたかのように、マチアスは不意に領主らしい無表情でロレンスを見た。

「余の味方になってくれぬか。余の名代となって、カーランの者たちの計画を見直してくれまいか。たとえば教会側に不利な契約を結ばされていないか、あるいは……」

誰もいない森の中でなお、マチアスは声を潜めた。

「考えたくないが、余を騙していないかと」

おそらくもっともロレンスに頼みたかったのは、この部分だろう。

マチアスはマイヤーたちの懸念や訴えを無視し、カーランとの計画を推し進めている。その手前、マチアス自身がカーランの計画に不安を覚えても、協力してもらえる相手がいないのだ。その頼みに否と答えれば、その腰に提げられた長剣で切り捨てられる……などという緊張感すらなくて、マチアスがいかに無力感を抱いているかがよくわかった。

マチアスは良い領主なのだ。

そして良い領主ゆえに、様々なことに縛られる。

それに、ロレンスがマイヤーの頼みである、森の維持に応えるのももはや望み薄だった。それはマチアスに暗躍がばれているからではなく、マチアスには選択の余地がないからだ。

このマチアスの領地は異端と見なされているために、なにも手を打たなければ教会を二分する争いの隙間に落っこちて、麦粒のように粉砕されてしまいかねない。借金があるので、領地はばらばらになって金の亡者に食い散らかされるだろう。

「確認ですが」

と、ロレンスは言った。

「借金はカーランの者たちに？」

だとするとマチアスの立場はかなり苦しくなる。カーランがマチアスの弱みに付け込み、杜撰な計画に巻き込んでいる可能性はかなり高くなる。

「いや、ケルーベの強欲商人どもだ」

ずいぶん強い口調なのは、借金を巡って不快なやり取りがずっと、それこそ父や祖父の代から続いているせいだろう。

マチアスがカーランと手を組んだのは、マチアス自身も、ケルーベに対抗しようとするカーランに肩入れする理由があるからのようだ。

諸々の駒の配置が見えてきた。

ロレンスがなおも森のためにできることがあるとすれば、思いきりマチアスの味方をすることだろう。

「こちらからもお願いがございます」

「……金か？」

お前もかという顔のマチアスに、ロレンスは不敬ながら肩をすくめてみせる。

「マイヤーさんにはお咎めなしと約束してください。ここの森が末永く存続するためには、きっと彼が必要でしょうから」

マチアスはぽかんとしてから、困ったように笑った。

「咎めるだと？　そんなこと、思いもしなかった」

なんという馬鹿げたことを言うのだとばかりに、咳き込むように笑っていた。

「マイヤーは誰よりも森を愛している。この余よりもな。あれは森のことしか考えておらん。だからカーランの人間がこの森に道を通す時には、絶対にいてもらう必要がある。海の連中がどんな馬鹿げたことをしでかすか、わかったものではないのだから」

あるいはマイヤーは、これだけマチアスから信用されているからこそ、マチアスの家が代々守りぬいてきたトーネブルクの森のために奔走していたのかもしれない。

「マイヤーには、そなたをここに連れてきたことの褒美を出さねばなるまいよ」

「……」

ロレンスはマチアスの横顔を見つめる。

その向こうに、領主としての葛藤が色濃く見えた。

「では話を戻しますが、先ほど領主様も言いかけましたよね。港町カーランが、領主様を騙そうとしている兆候が？」

「……いや。そこまで余も疑ってはいないし、疑いたくはない。あやつらが余の弱みに付け込み騙しているというより、あやつらが教会側に足元を見られているほうがありえると思うのだ」

なぜなら、サロニアでの計画を一介の行商人にひっくり返されたのだから。だとすれば教会と仲介になってくれてはいるものの、どれだけまともに交渉できているかは怪しみたくなる。

「森を安売りさせられているかもしれない、ということですね？」

　マチアスは不承不承、うなずいた。領地の行く末を左右する事態なのに、他人に任せざるをえない。そういう無力感に囚われているのが、そのしぐさでよくわかる。

　ロレンスは頭の中の帳簿にあれこれ書き留めながら、必要な欄が空白だったことに気がつく。

「最後にひとつ」

「なんだ。領地の恥をすべて伝えてある。なんでも聞き給え」

　マチアスが湯屋の客だったら、実に気持ちの良い客だろうとロレンスは思った。

「領主様は教会のどちら側の陣営に？」

　その問いにマチアスはついに目を閉じたし、ロレンスは問いを口にしてから、こんな軽々しく聞くことではなかったと、遅まきながら気がついた。なぜなら、マチアスが教会の守旧派に与するのならば、ロレンスはコルたちの敵に手を貸すことになるのだから。

　それとまったく同じ理屈で、マチアスからしてもロレンスが教会のどちら側に属するかは、命運を分けかねないことになる。

　けれどマチアスは愚鈍な領主ではなく、進まねばならない時には暗闇だろうと躊躇なく踏み抜く勇気を持っていた。

「余は薄明の枢機卿に共感する」

　それから伸ばされていた背筋が、やや自信なさげに丸まっていく。

「そなたがどう思うかは、わからんが……」

「いえ」

ロレンスは、商人としての演技ではない笑顔を見せた。

「ほっとしました」

マチアスは目をしばたかせ、笑った。あこぎな商人であれば、強欲と相性の良い教会の守旧派の味方をすると思っていたのかもしれない。

「しかし、そうであればちょっと気にはなりますね」

「なにがだ？」

「協力を求める対価に、薄明の枢機卿陣営が木材を要求しようとしますかね。特に、領主様の問題は、切実な信仰の話ですから」

コルならばそんなことは絶対にせず、直接このマチアスと顔を合わせ、信頼できると見抜いたら握手ひとつで話を終わらせるのではないか。そもそもコルは、教会が権威を使って暴利をむさぼる世の中を糺したくて、ニョッヒラを飛び出したのだから。

するとカーランがトーネブルクの弱みを利用して、巻き上げた木材を使って儲けようとしているのではという考えが、にわかに頭をもたげてくる。

ただ、そこに口を挟んだのは世の中をよく知る領主だった。

「彼らの理想はそうであろうが……そう理屈どおりにもいくまいよ」

　コルもすべてのことに目を見張らせているわけではないだろうから、たまたまカーランの相手方を務めている者が、旧来の慣例に従って陳情を受け取った、という可能性ももちろんある。

「それに、カーランが薄明の枢機卿側の人間にやり込められているのではないかと疑うのは、なにも彼らの交渉力に不安を覚えたから、というだけではないのだ」

「……と言いますと？」

「ついこの間のことだ。カーランと薄明の枢機卿陣営で話がほぼまとまり、あとは余の決済を待つだけとなった。余はカーランの書記官が羊皮紙にしたためた契約書の草稿を確認するため、カーランに赴いた。そこで初めて、今回の計画にて薄明の枢機卿側に立つ人物と対面したのだ」

　物言いから、コルと出会ったわけではないというのがわかる。つまりコルから木材を要求されたわけではなく、そのことにロレンスはほっとしたものの、同時に嫌な感じもした。

　こんな大規模な取引は、きっと仲介するカーランにとっても初めてのことであり、慣れないことばかりのはず。対応は手探りの状況が続いたに違いない。

　それを不安な様子で見ていた領主の前に、いよいよ薄明の枢機卿側の人間が立つ。

　そしてその人物が領主を安心させるどころか、不安にさせたのだとすれば、マチアスがなにを思ったのかは手に取るようにわかった。

「港町カーランの商人たちは、薄明の枢機卿の名を騙る詐欺師に騙されていると？」

「……」

マチアスは答えなかったが、否定するにはあまりにも疑惑が強い、というところだろう。一度は信じて手を組んだ仲間を疑うなど、騎士道に反する恥ずべきこと、と思っているかどうかは定かではないが、マチアスは頭を整理するように口を開く。

「カーランと交渉している相手が、確かに薄明の枢機卿側の人間だというのは、間違いがないらしいのだ。余の司祭も交渉の場に同席していたが、知己の聖職者が来ていたというからな」

その司祭とは、先ほどマチアスに随伴していた、昨晩はロレンスたちをもてなした後に速やかにそのことを領主に報告した人物だろう。

「だが、余は相手方を前にした瞬間、契約をためらわざるをえなかった。森に住む者の勘というやつかもしれない。それでわずかばかりの悪あがきではあったが、一度持ち帰り、家臣たちと共に最後にもう一度考えたいと言った。しかしこの期に及んで、我らにできることなどほとんどない。いっそ破談にすべきかと、実際に何度も思った。だからマイヤーの奴がそなたのような協力者を求めて飛び回っていたのは、ある意味、余の気持ちの一部でもあったわけだ」

マチアスの心労がしのばれる。

「そこにやってきたのが、そなただった」

最後の最後で、摑める藁が漂ってきた。

しかしロレンスには、マチアスがどうしてそこまで薄明の枢機卿の名代を疑うのか、やはりわからなかった。カーランも町を挙げての計画なのだから、裏取りはしているはずで、しかもウィンフィール王国ははるかかなたの遠国ではなく、海峡を挟んで泳いでも渡れそうな距離にある。司祭もまた知己の聖職者がいると確認しているらしい。ならば疑う要素が、どこにあるのか。

そう思った直後に、マチアスは言った。

「狼だ」

「え？」

ロレンスはぎょっと森の中を見回した。ホロが業を煮やしてやってきたのかと思ったのだ。

「あれは狼だった」

マチアスは悪夢でも見たかのように目を見開いている。

「薄明の枢機卿の名代として、この交渉を受け持つ商人が、ウィンフィール王国からやってきた。余が見たこともない派手な格好をして富を誇示するその様子は、南の土地にいるという伝説の鳥のようでもあった。しかしあの商人の本質は、狼だ、それも邪悪な、油断のならない、森の奥で獲物を狙う――」

「領主様、落ち着いてください」

ロレンスの声に、マチアスは怯えたように森を見回した。

「その人物は正統なる使者だと確かめられているのですよね？　名は、なんと？」

名代の商人というのだから、ロレンスの伝手を使えばどこの誰かを確かめるのは難しくないはず。それこそコルに直接聞きにいったっていい。

「あの狼は、そう……」

ざっと大きな風が吹き、ロレンスは四つ足の獣の足音を聞いたような気がした。

「エーブ・ボランと名乗っていた」

「……」

深い森に暮らす領主の直感は、伊達ではない。

ロレンスが嚙みしめたのは、奥歯か、それとも苦笑いか。

なるほど疑うはずだと、即座に理解できたのだから。

第三幕

ロレンスたちはマイヤーに案内されてきた道を戻り、ホロが二日酔いで苦しんでいた関所の旅籠につくと、一泊してから川を下った。

相変わらず川には船が滞留していたが、税の下落を待つよりも、さっさと町に商品を売り払ってのんびりしたいと考える者たちも一定数いるようで、川を下る船を見つけるのは難しくなかった。

ちなみに荷馬車を譲ってくれた商人はまだ旅籠にいて、ロレンスから取引解消を申し出られると嫌な顔をしたが、マイヤーがさっと森の名産である蜂蜜入りの樽を出すと、ほくほく顔で受けてくれた。

「ロレンスさん」

船に乗っていよいよ川を下ろうかという時、それまで口数の少なかったマイヤーが、ようやくロレンスの名を呼んだ。

「私からはなんと言っていいのか……」

「お気になさらず」

ロレンスはわざとにんまり笑ってみせる。

「領主様からは、報酬を約束されていますし」

もちろんその報酬というのは、今のところマイヤーの無罪放免だけなのだが、それを知らないマイヤーはどうにかこうにかその言葉を支えにしていた。

「それに領主様からの話を聞いて、私の側にもこの話に関わる理由が出てきましたから」

「そう……なのですか？」

マイヤーの問いに、ロレンスは肩をすくめてみせる。

「狩人も必ず森の中に、一頭や二頭は格別意識する獣がいると聞きます」

マイヤーはゆっくりうなずき、ため息をついた。

「我らが森のこと、どうかよろしくお願いいたします」

ロレンスはマイヤーの手を取って握手をし、船頭に促されて船に座った。

マイヤーと話している間ずっと静かだったホロはというと、ロレンスの膝の間に収まるようなこともなく、やや距離を空けて座っている。その様子はたまたま向かう先が同じだったために同道している、旅の修道女のようだ。あの森でマチアスと交わした会話を説明してからずっと、ホロはあまり口を開かずこんな様子だった。

けれどその理由は明らかで、あのエーブがコルの名を利用して、金儲けに勤しんでいるらしいと判明したのだから。しかもマチアスから聞けば、エーブは恐ろしく派手な格好をし、歌と踊りに大枚をはたき、マチアスに対して目もくらむような富を誇示してきたというのだ。

エーブは自分たちの結婚式にきてくれた時も、もちろん大商人に相応しい威容を整えてはいたが、それはどちらかというと、ホロの無邪気さへの対抗心にも見えた。根っこには相変わらずどこか峻厳な狼としての矜持のようなものがあり、現世の富に心を許すような雰囲気は感じられなかった。

だからマチアスより聞かされた、エーブの欲に溺れるような姿というのは、ロレンスにとっても裏切られたような気がすることだった。

そしてそれだけならばまだしも、ロレンスのことをより一層困惑させたのは、エーブのその立場のせいだ。コルとミューリの筆跡が入り混じる、ホロ曰く旅を楽しんでいる匂いでいっぱいの手紙のことを思い出せばいい。そこにはある件を境にエーブと再会し、それ以降はとても心強い味方になってくれたと書かれていた。

コルは裏表のない性格で、エーブはそんなコルのことを昔から可愛がっていた。ミューリのほうも賢狼とは違う意味で油断のならないエーブが新鮮なようで、懐いているのが手紙の文面から窺えた。そのエーブが、コルたちとの深い関係をいいことに、あちこちから口利き料みたいなものを取って大儲けし、散財しているのだとしたら。

コルは世の正義を信じて旅に出た。そして今まさに愛した森を失うかどうかの瀬戸際に立たされているマチアスは、明らかに悪い領主ではなかった。

エーブが身に着けている宝石を照らすのは、そのマチアスの家が代々身を削ってでも守り通してきた、森の木を燃やす炎なのだ。

世の中によくある不条理といえば、それまでなのかもしれないし、エーブの変節もまたそうなのかもしれない。

しかし少なくとも今のロレンスには、誰の味方をすべきかがわかっている。

「ぬしよ」

船が関所を離れてずいぶん経ち、ホロは一度ロレンスの名を呼んだが、その先は続かない。うたた寝やつまみ食いもせず、遠い目でなにもない荒野の景色を眺めていたホロは、うまく感情を口にできないのかもしれない。

ロレンスはそんなホロを安心させるようにうなずき、笑い返しておく。

ホロは一瞬ほっとするのだが、すぐに顔を硬くして、視線を遠くに向けてしまう。

結婚式では、ホロとエーブがなにやら話し込んでいる様子も垣間見た。

そのことを思い、ロレンスはますます奥歯に力が籠もる。

自分は、人の変節など商いの世界で慣れたものだからいいが、ホロにとっては、そうではない。ホロは人々の心がとっくに離れていても、古い約束を律義に守って、パスロエの村の麦の様子を見守っていたくらいなのだから。

多くのことではホロに頭が上がらずとも、人の世のことならば自分の領分である。

ロレンスはマチアスから聞いた話を何度も反芻し、川の先にあるというカーランの町を見据えていたのだった。

　夕暮れ間近に、船は市壁をくぐってカーランの川港に到着した。海港は川からの土砂の堆積を嫌ってか、町から少し離れた場所に築かれている。なので川港には、川を往来する小型の船だけが何艘も桟橋に係留されていた。

　関税が下げられるかも、などという噂が出回っているだけあって、関税を徴収する兵たちの作業もおざなりで、町はどことなく浮ついた雰囲気に満ちていた。

　巨大な港町とは到底いうべくもないが、川に面した建物はどれも四階建ての立派なもので、灯台代わりでもあるのか、川港を海に向かって下っていった先には教会の鐘楼が見える。

　その先には夜の色を溶かし込んだ群青色の海が広がり、水平線にかすかな夕焼けの色を残している。雲がまったくないので、岸に出て目を凝らせば、対岸のウィンフィール王国の街の灯がかすかに見えることだろう。

「マイヤーさんの紹介してくれた宿を確保したら、早速酒場を回ってみるか」

　先にロレンスが桟橋に上がり、ホロに手を貸してやる。ホロは船の揺れが体に残っているのか、ややよたついてから、んむ、とかふむ、とかもぐもぐ返事をしていた。ロレンスもそれ以上喋らず、教えてもらった道順をたどって宿に赴く。

　そして目当ての宿は、マイヤーの名を出さずとも大丈夫そうなくらいに空いていた。この季節は収穫した麦をはじめ、多くの品物が冬になる前に大急ぎで取引されるせいでどこも混雑するはずだから、関税の話が少なからぬ影響を与えているのだろう。書き入れ時のはずの宿屋の主人は、遠くない冬を前に困り顔だった。

関税の件は早く決着がついてほしいという宿の主人の愚痴を聞きながら、ロレンスはマチアスから聞いた諸々を思い出す。季節の巡りはもちろん海の向こうでも同じで、薄明の枢機卿側、つまりエーブも今回のカーランとの取引は、冬がくる前にまとめたがっているらしい。普通に考えれば商いの都合だと思うのだが、悪事がばれる前に手早く幕引きをしたい、という振る舞いにしか見えない。

エーブ本人が、わざわざカーランなどというあまり有名ではない港町にきているという事実もまた、コルの目が届かない場所で悪事を働いているという疑念を後押しする。

マチアスが会合の際に聞いたところでは、エーブは教会を巡る騒ぎのために大陸側で用事があるものの、ケルーベの者たちと遺恨があるせいで、海の交通の利便性がほとんど変わらないカーランに滞在している、とのことだった。

もちろんロレンスは、その遺恨の内容にとても心当たりがある。当時、イッカクと呼ばれる伝説の海獣を巡って、後にも先にもないくらいの大騒ぎをしたからだ。なので頭から否定はしたくなかったが、なにせあのエーブのこと。

敵として対峙する時には、彼女の利益に対する執着以外、なにひとつ信じてはならない。

「しかし、人は変わるものだな」

夜のとばりが下り始めたカーランの町を歩きながら、ロレンスは言った。

「毎晩、酒場で大宴会だそうだ」

酒についてはホロも人後に落ちないが、エーブの場合は店を借り切っての騒ぎだというのだから相当なものだ。街中の吟遊詩人や踊り子たちを一か所に集め、めぼしい酒場の料理人がこぞって腕を振るいにやってくるという。

刃で削った氷柱のように利益だけを追いかけていたかつてのエーブは、確かに悪者ではあったが、ある意味ではロレンスが憧れる商人の理想像でもあった。

だからロレンスの中にあるとぐろを巻く感情は、失望というやつなのかもしれない。

毛皮の割り当てや岩塩の密輪を巡って、倉庫になっていたレノスの宿屋で殴り合いまでした。

あの時にエーブは、なんと言ったのだったか。

そんなにまでして金貨を追い求める情熱とは一体なんなのかと問うロレンスに、エーブはなんと答えたのだったか。

そのエーブの行きついた果ては、あまりにも呆気ないものだったようだ。

「宿の主人に聞いた酒場は、この辺だったような気がするが……」

石畳の大きな通りの四辻に差し掛かり、ロレンスがきょろきょろ見回していたら、ホロに袖を引かれた。

「楽器の音がしんす」

露店の焼肉もねだらないホロは、フードを目深に被って表情もよく見えない。

ロレンスはホロの胸中を想像し、ぐっと息を呑んでから、ホロの指差したほうに歩いていく。するると道に溢れるほどの客が騒いでいる酒場があり、中から手拍子と楽器の音色が聞こえてくる。その頃には目に染みそうなほどの調理の煙が届いていたし、肉や魚の脂に、高価な香辛料の香りもはっきりと嗅ぎ分けられた。

暴力的な食べ物の匂いに胃がむかむかし、ロレンスは腹に力を込めて歩いていく。

店の外で輪になって踊る男たちをかわし、店の入り口をふさぐ酔客の前をすり抜けると、人垣がずらりと輪になっていて面食らった。その人垣の向こう、店の中心部では、吟遊詩人たちが奏で、歌い手の娘が声を張り上げている。しかし店にいる者たちの視線は、彼らにさえ向いていない。

店の真ん中に積み上げられたテーブルの上で、威風堂々と踊る赤い衣装の娘がいた。それはまさに炎を身にまとっているようだった。

聖職者が見たら卒倒しそうなほど派手な衣装に身を包んだその娘が、さらに目を引くのは大きな赤い傘を持っているからだ。金糸の装飾が施されたそれは、はるか南の砂漠の国の特別な品だろう。傘を用いた不思議な踊りからほとばしる情熱とは対照的に、娘は実に涼しい顔で、楽しそうに踊っていた。ニョッヒラでも酒に合わせて踊りが披露されるが、そのどれとも違う独特の舞いだった。

なんにせよ美しい娘が優雅な舞いを披露しているのだから、酔客で溢れる酒場が盛り上がらないはずもない。さらにはあっちこっちのテーブルにロレンスも見たことのない料理が並べられていて、それでなくとも客の酒がよく進んでいるようだった。

　ロレンスがざっと見まわした感じ、屋内で楽しげに騒いでいる者たちの多くは身なりが良く、商会の番頭や衛兵の長を務めていそうな者たちもいるように見えた。ある程度の金がなければ、この騒ぎには参加できないのだろう。

　ロレンスはホロとはぐれないように人ごみの中を進み、その奥を目指す。人垣の向こうにちらちらと垣間見えていたのだが、酒場の奥まった一角には、雰囲気の違う場所があったのだ。目つきの鋭い見張りが立ち、特に身なりの良さそうな者たちが集う場所。

　マチアスの言葉が確かなら、真っ赤な傘を持って踊る異国情緒に満ちた娘も、エーブの仲間なのだろう。

　今のエーブがどれほど金持ちで、どんな身分を手にしているのかわからない。

　だからどんなふうに声をかけるべきなのか、ロレンスはいくらか考えあぐねていた。

　けれどもその姿を目の当たりにすれば、勝手に言葉は出るだろうと思った。

　なにせ喉の奥には、こんなにも感情が渦巻いているのだから。

　マチアスやマイヤーが愛し、今にも失いかねない深い森とは、まったく別世界のこの酒場。

　その最も上等な席に居座っている大商人に、言いたいことが山ほどあった。

「おい」

見張りは優秀らしく、ロレンスの進む先に勘付いてすぐに立ちはだかった。

「厠ならあっちだ」

「こちらであっています」

ロレンスは見張り越しに、目当ての人物の顔を見つけていた。

優雅に微笑み、触れただけで崩れそうな華奢な硝子細工の器で酒を飲んでいる。

調理人から料理の説明を受けているのか、興味深そうにうなずいたりはしているものの、本人は料理に手を伸ばす素振りもない。結局、近くに座っているでっぷり肥えた商人らしき男に皿を回し、鷹揚なところを見せている。自分の持ち物を分け与えるのが、支配者の務めとばかりに。

しかしその費用は、トーネブルクの巨木が切り倒されることで賄われるのだ。この騒ぎは、枝を走る栗鼠や、木のうろに隠れる野鼠や、塚に穴を掘って暮らす穴兎たちの住処を壊すに足ることなのだろうか。あの森で家畜たちを肥らせ、畑に施肥をし、毎日土まみれになって働く者たちは、きっと一生こんな酒場にくることはないというのに。

眩暈がするようなこの馬鹿騒ぎと、あのトーネブルクの静かな深い森が同じ世界に存在することがにわかには信じられない。

ロレンスは見張りの男を胸で押し、制止も聞かず歩き出す。肩を摑まれ、振り払おうとしたところを、別の見張りに取り押さえられる。

酒場は隣にいる者の声すら聞こえないような賑やかさなので、他の客はロレンスたちのことに目も寄こさないが、さすがに特別な席に集う者たちは、妙な闖入者に気がついてきょとんとしていた。その中の一人、硝子細工の器を手にした酒場の女王は、なにか見間違いでもしたかのように目をぱちぱちとさせていた。

結局三人がかりでその場にねじ伏せられそうになっているのを、とにかく意地だけで立ち続けていたロレンスに対して、エーブが言った。

「知人だ」

護衛たちが一瞬戸惑ったのがロレンスの体に伝わってくる。そして一拍の間を空ける頃には彼らの手が離れていた。そのきびきびとした様子から、単なる金で雇われたごろつきではなく、エーブに長く付き従う者たちなのだとわかる。

ロレンスは服の乱れを直し、念のためホロの安全を確認すると、ホロは少し離れたところで、場違いな場所に迷い込んだ少女のように外套の下でおとなしくしていた。ぽかんとやり取りを見守るばかりの町の重鎮たちをよそに、ロレンスはじっとエーブを見据えて、言った。

「お話があります」

同席している者たちの視線が、ロレンスからエーブに移った。

エーブは鼻の頭に少し皺を寄せてから、ため息と共に手にしていた器をテーブルにそっと置く。同時に歌と曲が大きく盛り上がり、最後に強く楽器が掻き鳴らされて、終わった。

耳をつんざくほどの拍手で酒場が割れそうになる中、赤い衣装に身を包んだ踊り子の娘が、たおやかに客たちに愛想を振りまいている。

エーブはそちらをちらりと見てから、億劫そうに立ち上がった。

「店の裏なら静かだろう」

エーブは他の客たちに引き続き酒宴を楽しむように言いおいて、護衛を一人連れて歩き出す。

ロレンスがその後を追いかけると、ホロも遅れてついてくる。

酒場にはまだ拍手がまばらに続いていたが、新しい曲が始まり、再び賑やかさを増していったのだった。

野良犬が一匹、卑屈そうに逃げていった。

そこは周囲の建物と共有する裏庭のような場所で、酒場で飲み干された大きな酒樽が置かれていたり、両隣の商会も雑多な荷物を積み上げているような場所で、人影はない。

「ニョッヒラの湯屋はどうしたんだ。もう少ししたら、稼ぎ時じゃないのか」

エーブはあの踊り子の娘ほどではないが、裾の長いゆったりとした砂漠風の服を身にまとっている。絹か羅紗か、なんにせよロレンスには縁のない高級品で、酒樽に座ろうとしたら護衛がさっと敷布を掛けていた。

「ここに狼がいると、深い森の中で聞きまして」

酒樽に座ったエーブは、うっすら笑ったままの表情で視線を逸らす。あれこれ頭を巡らせてから、半笑いになってため息をつく。

「トーネブルクの領主に雇われたのか？　森を守るために？」

エーブの視線が一瞬だけ、ロレンスの背後にいるホロに向けられる。エーブはもちろんホロの正体を知っているから、動機は十分と思ったのだろう。

「ん、いや、待てよ」

エーブはそう言って背中を丸めると、口に手を当て黙考し、じろりと視線だけをロレンスに向けた。

「まさか、サロニアで大暴れしていた商人というのは、お前たちなのか？」

サロニアでの木材商人たちの話がカーランの計画の一端なのだとしたら、もちろんエーブの耳にも届いていただろう。

「あなたの大いなる計画の一端でしたか？」

行商人時代、初めてこのエーブと出会った時、この商人はレノスでもケルーベでも壮大な絵図を描き、自らの身を危険に晒してでも金貨を追い求めていた。

マチアスがどうしてもカーランの交渉役たちを信用しきれず、彼らはエーブの計画に取り込まれているのではと疑うのも、むべなるかな。

そして先ほどの酒場の騒ぎを見る限り、それは正しい見方のように感じた。

「そう思っている、という顔だ」

エーブがエーブらしい顔つきになって、笑った。

「なんとなく見えてきたぞ……」

明かりが少なく、欠けた月しか出ていないので、暗がりで笑うエーブの顔はたちまちロレンスの記憶を昔に連れ戻す。

けれど着実に時間は流れ、もうあの頃とは違う。

そのことを示そうと思えば、エーブの困ったような口調が邪魔をした。

「お嬢さんよ、どうしてあんたは黙ってるんだ」

「ホロは――」

関係ない。

そう言おうとした矢先に、当のホロが口を開く。

「このたわけがこうなると、わっちがなにを言っても聞きはせん」

「――ん、え？」

ロレンスが驚いて振り向くと、そこにはちょこんとした見た目のホロがいる。

怒っても、悲しんでも、ましてや苦しんだり失望したりなどしていない、呆れたような顔で細い肩をすくめているホロだ。

「ぬしのことを、コル坊たちの名声を利用してあこぎに稼ぎ、放蕩を尽くす極悪人と思っておるようじゃ」

「んっふ」

口に握りこぶしを当てたエーブが、笑いをこらえきれずに漏らしていた。

どういうことだ、と当惑するロレンスに、ホロが歩み寄って少し強めに腰を叩く。

「思い込みじゃ。ぬしのそういうところは、正しい目的に向かう時は頼りになるがのう」

その一言で、トーネブルクの森でマチアスと会話してからのことが、急流の川の流れのようにロレンスの頭の中を通り過ぎていく。

エーブがコルたちを裏切るようなかたちで金儲けをし、そのことにホロは傷ついて口数が少なかった。少なくともロレンスの目からは、そんなふうに世界が見えていた。

「もっとも、あやつの放蕩については」

と、ホロはぞんざいにエーブを顎で示す。

「わっちとの間だけの秘密の話じゃったからのう。ぬしが勘違いしてもあまり責められぬが」

エーブは肩をすくめていた。

「しっかり手綱は握っておいてくれないか。もうこの歳で殴り合いはごめんだよ」

話が通じているらしいホロとエーブを見やり、ロレンスは苦し紛れに言う。

「私はあなたに、一方的に殴られた側ですけどね……」

　しかもその後、ホロにまで追加で殴られた。

　ロレンスには敵わない女性が二人、いや狼が二頭、そろい踏みだ。

「あんたのその怒りようだと、あんたに仕事を頼んだあの堅物領主は、私をあまりよく言わなかったってことか……？　気合いを入れてもてなしたんだが」

　そう言ってからエーブは、あこぎとはね、と呟いてまた笑っていた。

「さっきのも、ぬしの仕事じゃろう？　あんなに美味そうな料理を前にして、少しも腹が減ったような素振りがありんせん」

　ホロは酒場のほうに向けて軽く顎をしゃくる。

「ああ、そうだ。毎晩毎晩あんな飯を食えるものか。南のほうで流行している料理を習得したいとこの町の連中に請われ、試食していたんだ」

　外套の下でぱたぱた振られているホロの尻尾は、おこぼれに与れるかもと期待している犬のものだ。狼の誇りはどうしたと、話から置いてきぼりのロレンスは八つ当たりのように思う。

「歌と踊りも、うちの踊り子から南の流行を取り入れたくて、こぞって周辺の楽師の一座が集まっているんだ。おかげで毎日あの騒ぎだよ」

　ロレンスから見ると、酒場の饗宴を取り仕切り、豪華な料理を鷹揚に振る舞っているようにしか見えない。しかし確かに言われてみれば、エーブは手にした酒を啜っているだけだったし、料理人と話すというのもちょっと妙な話だ。一か所の酒場に吟遊詩人たちが大勢集まってしまうことだって、他の店から苦情がくるだろうから、同職組合が黙ってはいまい。

マチアスとの会合も、マチアスは富の誇示だと言っていたが、エーブは気合を入れてもてなしたと言っていた。ならばあまりに趣味が合わないマチアスの目に、それが悪辣なものに映ったとしてもおかしくはない。たとえばエーブがただのあくどい成金商人に成り下がってしまったと息巻く、ロレンスと同様に。

だが、それらすべてが間違いとなると、ロレンスにはわからないことがある。

「あなたは一体、この町でなにをやっているんです？」

ロレンスの問いに、「こっちの台詞だがね」とエーブは答えたのだった。

どんなに混雑している店でも、それなりの人物が一声かければ、魔法のように一席くらい空きができてしまう。エーブから、この町にいる理由は込み入った話になるので宴席の後にしようと言われたところ、ホロがロレンスの返事を待たずに賛成してしまった。

そんなわけで先ほどまでとは打って変わった様子で浮き浮きしているホロは、軽快に椅子に座るやいなや、下にも置かない様子で注文をとりにきた店主に「美味い肉と酒じゃ！」と威勢よく言っていた。

料金はきっとエーブ持ちだろうから、ロレンスの顔が晴れないのはもちろんそこではない。

運ばれてきた透きとおった上等の葡萄酒をホロが飲むのを見てから、ロレンスはジョッキの中の葡萄酒に映った自分の疲れた顔を見やる。

「一体全体、なんなんだ？」

少し恨みがましい言い方になったのは、勘違いに気がついていたなら早く言ってくれ、という意味が込められていたからだ。

「んぐっ……んぐっ……ぷはっ！　甘い蜂蜜酒も、腹持ちの良い濃い麦酒もよいが、やはり葡萄酒じゃのう！」

厨房では常に丸焼きの豚がぐるぐるしているのか、削りたてで湯気と脂の滴る豚肉が大皿に盛られて運ばれてくる。ちょっと変わっているのが、添えられた辛子種や各種の香辛料を、好みで振りかけて食べるようになっているところだ。

ロレンスはじっと目を凝らし、この香辛料を持って帰って薬種商に売ればそれなりの金になるのではないか、などと考えてしまう。

「大蒜まみれの肉とは違い、洒落た食い方じゃな。それに、これも……ふむ、こういう時に便利ではないか」

ホロが手にしているのは、先端が三又に別れた鉄の匙だ。調理場では同じ形で、もっと巨大な槍のようなものがあって、それこそ丸焼きの豚や、大きな牛肉の塊を鍋に入れたり出したりする時に使われる。頭の良い誰かが、それを縮めてテーブルに置けば便利だと気がついたのだろう。

実際、それのおかげで、ホロは手を汚さずに豚肉をひと切れ持ち上げて、ちょんちょんと香辛料をつけて口に運んでいる。こんなことを思いつくのは大抵が南の美食家たちで、おそらくエーブの入れ知恵だろう。

ロレンスは湯屋でも取り入れようと、頭の中に大まかな形を書き留めておく。

「で？」

ロレンスが再度尋ねると、ご馳走を前に目を輝かせているホロは、面倒臭そうに肩をすくめた。

「どうもこうもありんせん。わっちゃああやつが羽目を外したがっておるのを、前々から知っておっただけじゃ。わっちがぬしの口車に乗った時、あやつらをニョッヒラに呼び寄せたじゃろう？　そこであのたわけから相談されたんじゃ」

結婚式の後に続く長い宴の中で、ホロとエーブがなにか親密な様子で話しているのは、ロレンスも確かに見かけていた。

ただその内容まではもちろん知らず、あえて聞くようなものでもないので確かめなかった。

ロレンスがホロの説明の続きを待っていると、ホロは葡萄酒を手に動きを止めていた。

「どうした？」

そう尋ねると、ホロははっと我に返ったように背筋を伸ばし、フードの下の狼の耳をぴんと立てていた。

「……なんでもありんせん。思い出したら、懐かしくなってのう」

そう言って葡萄酒を飲み、なにか吹っ切るようにこう言った。

「あの時、弱みを作るのはどんな気分かと言われたんじゃ」

今度はロレンスの動きが止まる。

「……弱み？」

ホロは再び肩をすくめ、葡萄酒を飲み、豚肉を口に運び、さらに追加でやってきたソースまみれのなにか白身魚の身をたっぷり口に運んでから、答えた。

「あのたわけはわっちより臆病じゃからな。稼いだ金貨をただ溜め込むのも、一人の旅路もとっくに飽いておるのに、次の一歩が踏み出せずにおった」

ロレンスが虚を衝かれていると、ホロは半笑いで、でもどこかに誇らしさを含んだような顔を見せた。

「わっちにはぬしがおって、あやつにはおらんかった。それが大きな違いでありんす」

「……」

ホロとエーブは、確かに全然違う性格に見えて、似ているところがある気もする。

それは多分、どこかで未来を信じきれていない、厭世的ななにかだ。

「わっちゃあ、たわけのぬしから差し出された、たわけた約束を信じることにした。面白おかしく暮らせるようにしてくれると、杯が空になればさっと新しい酒を注いでくれると、そういうたわけた約束を信じたんじゃ」

そう言い終えるのと、ホロが最初の一杯目を空にするのが同時だったので、ロレンスは下男のように新しい酒を頼む。

「それで？」

「それだけじゃ。あやつはわっちらと、あの湯屋を見て、いよいよ手負いの狼らしくい続けることが馬鹿らしくなったんじゃろう。その傷は木のうろに隠れ、そこからずっと敵に対して唸っておってても癒えるものではありんせん。そういう怪我ではないのじゃからな。まあ、ずっと村の麦畑でうなっておったわっちが言うのもあれじゃが……」

エーブはウィンフィール王国の元貴族のお嬢様だったが、家が没落してからはお決まりの運命をたどったと聞いた。家名目当ての富裕な商人に家ごと買われ、夫になったその商人も破産して路頭に迷ったところから、商人としてのエーブが始まったと。

レノスの町でエーブの企みを暴き、利益を奪い合って刃物まで抜いて殴り合った時、ロレンスはエーブにこう尋ねていた。なぜそこまでして、危険に身を晒し続けるのか。それほどまでに金貨を稼ぎ続けて、一体どうするつもりなのか。

エーブはロレンスにナイフを突き立てようと全身に力を込めている状況なのに、どこか恥ずかしげに答えたものだ。

「期待している、と言ってたな」

無意味なほどの金貨を積み上げ続けたその先に、理不尽な世の中に現れては消えていった者たちすべてを見返して、ざまあみろと言えるなにかがあるのではないかと。

ロレンスは、ホロが微笑んでいるのに気がついた。

「あやつは宣言どおり、まあまあ世の中を楽しんで、ついでに信頼できる群れの仲間も見つけたようじゃ」

視線がエーブたちのテーブルに向けられる。見張りに立つのはエーブの身にまとう服と似たような、砂漠地方を思わせる衣装を着た者たちである。それに酒場の中心で相変わらず楽しそうに踊り続けている傘を持つ踊り子の娘もまた、同じような印象の服装だ。

「ふふん。一歩を踏み出すのに先達の後押しが欲しかったなどと、あやつも可愛いところがありんす」

何百年と生き、神とさえ呼ばれていたような時期もあるくせに、ホロには子供っぽいところがたっぷりある。いや、歳をとると子供じみてくるというから、話の筋はあっているのかもしれないが、この賢狼様はエーブから頼られたのがよほど嬉しかったのだ。

そんなホロを見て、なるほどマチアスから同じ情報を耳にしても、自分とホロとでまったく反応が違ったその理由が、ロレンスにはようやく理解できた。

「でも、だったらそうと言ってくれれば」

ロレンスが再度非難がましく言うと、ホロの目が間抜けな羊を見る目になる。

「たわけ。秘密をぺらぺら話してどうするんじゃ。それにどう言ったところで、ぬしは実際にあやつを目の当たりにしなければ、わっちの言うことも信じなかったじゃろうよ」

「そんなことは……」

と、言いかけたが、そうかもしれないとも思う。ホロはお人好しだから、結婚式にきてくれたエーブに対し、なんだかんだ悪い方向に考えられなくなっているとかなんとか、いかにもそんなふうに言いそうな自覚がロレンスにもあった。

「それにあやつが悪だくみをしておらぬとまでは、わっちも言いきれぬところがありんす。ただ、しておらぬのはもう確実じゃな」

ホロはそんなことを言いながら、くすぐったそうに笑っている。

「そうなのか？」

ロレンスの問いに、ホロは華奢な肩をすくめる。

「わっちらを見つけた時の様子じゃ。あんなに嬉しそうな顔をしおって」

ロレンスからはただの驚いた顔にしか見えなかったし、夜の酒場はそこまで明るくない。あまり目の良くないホロが、ロレンスよりもエーブの表情の機微に気がついた、とは思えない。

多分、そういう匂いがしたのだろう。コルとミューリがニョッヒラの湯屋に向けて書く手紙に、いつも楽しそうな匂いがまとわりついているのがわかるくらいなのだから。

ただ、ロレンスはその話を聞いて、ぱっと花が開くようにエーブから嬉しそうな気配が立ち上った様を想像すると、確かに笑えてきてしまう。

「まったく……話はわかったけど、だとしたら一連の騒ぎはなんなんだ？」

トーネブルクの森は、事実として危機に瀕している。

しかもその貴重な森は、教会を巡る混乱の中で異端の疑いが残るトーネブルクが、どうにかこうにか身を守ろうとコルたちに助けを求める際の対価であるとのことだった。港町カーランはその機に乗じ、トーネブルクの木材を切り出すついでに道をつくろうとしている。

そしてその木材はどうやらすべてエーブの下に流れていくのだから、この酒場での大騒ぎとあわせ、エーブがすべての絵図を描いて儲けを吸い上げていると想像するのは、決して的外れなことではないだろう。

質実剛健といった感じで、派手なことには関心のなさそうなマチアスが、エーブの様子に鼻白んだのはもちろんわかるし、この騒ぎを見ればカーランの商人たちはエーブに取り込まれているのではないかと疑うのは、十分納得できることだ。

「マチアスの目的も、カーランの計画も、すべてはエーブのところに集約していく。しかもさっきの話では、そこまで大きくもないこの町に、そこそこの日数滞在していることになる。エーブくらい大きな商いをしている身ともなれば、あれこれやることも多いはずで、それに見合う儲けがここにはあるって話じゃないのか」

どう考えてもまたぞろ大きな陰謀を企んでいるとしか思えないのだが、当初に想像していたことは砂糖の楼閣のように崩れてしまい、ホロがぺろりと舌で舐めとってしまった。

わかっているのは、どうもここに悪い奴らはいなさそうだということなのだが、だからといって悲惨なことが起こらない、というわけでもないのが世の中だ。

事実として、トーネブルクの森は危機に瀕しているのだから。

「少なくとも最後の質問は、本人が答えてくれるじゃろう」

ひときわ大きな拍手が聞こえたかと思うと、踊っていた娘がエーブの下に戻り、労いと周囲からの賞賛を受けていた。酒場の客たちはまだまだ楽しむつもりのようだが、エーブとそれを取り巻く貴顕たちは、互いに握手を交わしているので、お開きらしい。

ホロはそれを見て、無駄口を叩いたとばかりに、せっせと肉を口に詰め込んでいる。

「包んでもらえばいいだろ」

ロレンスが呆れて言うと、頬を栗鼠のように膨らませていたホロは慌てた様子でごくりと飲み込んでから、言った。

「それはそれで、別に頼んでくりゃれ？」

口の端から肉汁をこぼしたまま、無垢な少女の笑顔を見せるホロに対し、ロレンスは今日一番深いため息をついたのだった。

エーブが仕立ててくれた馬車に揺られ、がたごとと夜のカーランの港町を行く。

あまり大きな町でもないのに馬車など大袈裟なと思ったが、エーブの拠点は町の中心部から少し離れた、海港のほうにあった。

「なぜこんなところに？」

不便だし、日中は船の荷の積み込みや積み下ろしで騒がしく、天気が荒れれば海からの風やらをまともに受ける。それに港沿いに並ぶのは商会が所有する倉庫の類で、金のある旅人が優雅に過ごすための邸宅と呼ぶのは難しい。

エーブの帰りを待っていた部下が扉を開けて待つそこも、一階部分は巨大な片開きの扉になっていることから、明らかに荷揚げ場のようだし、二階、三階の窓は暴風雨に耐えられそうな鉄枠付きの木窓だ。

なんなら壁には、不埒な盗人を撃退するための、装飾に見せかけた金属製の鼠返しまでついている。建物の中が快適でなさそうなのはすぐにわかる。

「こればっかりは習慣だな。知らない町で寝泊まりするのは、古い戦の時代を想定した建物と決めている」

エーブのその言葉で、今も危ない橋を渡っているようだと、ロレンスの笑みがこわばった。

海沿いなのも多分理由があって、いざという時に海に逃げられるようにだろう。

「というか、その様子だとまだ酒が必要そうだな？」

エーブがロレンスの後ろにいるホロを見やり、苦笑する。両手いっぱいに料理の詰まった袋を抱え、頭の上に載っている袋には焼き立てのパンが詰まっている。

「宴会には酒とご馳走がつきものじゃからな」

自分一人で食べるのではない、と言い訳したいのだろうが、ロレンスも酒場では話に気を取られてほとんど食べられなかったので、ロレンスの分も確保してくれたのだろう。

「月こそないが、雲もないから中庭にするか」

エーブは部下たちに指示し、ロレンスたちを中に案内する。

現役の倉庫のようで、所狭しと荷物が積み上げられている。

エーブ自身がついでに交易しているのかもしれないし、通路が狭いのは一気に攻め込まれないための知恵、という話を懇意にしている傭兵から聞いたことも思い出す。

古い建物は籠城できるように中庭があり、地面に保存食を埋めたり、畑にできるようになっているという。

ただ、そんな時代も昔の話。

今は果樹が数本植えられただけの、綺麗に整えられた庭になっていた。

そこにせっせとテーブル類が運ばれ、蝋燭の灯りがあちこちに灯される。

「ほほう。湯屋でもこの手の催しをやるべきじゃな」

ホロはそんなことを言うが、夜の湯屋は酔いつぶれた客ばかりで、こんな上品な具合にはならないだろう。

「再会を祝して」

エーブが音頭を取って、乾杯になった。

「しかしまったく、呆れたものだ」

それは肉にがっつくホロのことを示しているのかと思ったが、エーブはロレンスのことを見ていた。

「ニョッヒラとかいう秘境の地で、湯屋を開くなんておとぎ話を実現させた。それでも飽き足らずに下界に降りてきて、あちこちで金儲けか？」

「湯屋を出てきたのは、その……色々と理由が」

エーブを問い詰め、絞り上げてやると息巻いていた気持ちが嘘のようにしぼんだロレンスは、もごもごと答える。酒に逃げれば、ちょっとむせるほどに質の良い葡萄酒だった。

「このたわけが、娘のことが心配でならぬと」

そこにホロが口を挟み、エーブがなるほどと顎を上げる。

「コルも男だからな」

すぐに察したようで、ひそみ笑っている。

「家に爺やがいた頃のことを思い出すよ」

そういえばエーブは、貴族のお嬢様だった。

「最近は手紙も滞っています。それに」

ロレンスはホロを見た。

「騒がしい娘と可愛がっていたコルがいなくなり、静かになった湯屋でこいつも寂しそうにしていましたので」

幸せな毎日だが、それが手からこぼれていくように忘れてしまうのが怖いなどと言っていた。最近は旅が楽しいのか、やや日記を抱え込む頻度も減っていたが、ホロはその指摘にむっとして牙を剝いていた。

「仲の良いことだ」

エーブは楽しそうに笑い、視線をふっと建物の入り口に向ける。

湯浴みでもしてきたのか、さっぱりした様子で、服も着替えたあの踊り子がやってきた。まずはエーブに、それからロレンスにもたおやかに微笑んでみせる。

エーブは異国の言葉で娘に話しかけ、飲み物を注いでやっていた。

「どんな商談も、こいつを酒場に連れていけばつつがなくまとまる」

どこか言い訳じみた感じでエーブが言うので、ロレンスはそうでしょうともとうなずいておいた。

「さて、私があこぎに儲けているわけではない、と奥方から説明があったとは思うが」

ロレンスは葡萄酒を一口啜り、頭を切り替える。

「私はトーネブルクの領主様からも事情を聞いています。薄明の枢機卿より庇護を得るため、その代価として木材を供出するのだと」

何事にも対価が必要だとしても、コルは教会の強欲さに我慢ができず、湯屋を飛び出した。

この一連の話は、それを踏みにじるような行為だという構図はまだ変わっていない。

「問題を切り分けよう」

エーブが酒の入った器を置く。

「カーランとトーネブルクが、薄明の枢機卿の側に与したいという申し出を我々は受け取った。これは事実だが、木材の件はその対価ではない」

「ではなんの対価です？」

「羊毛だよ」

意表を衝かれ、思わずホロを見てしまう。するとじっくり煮込まれた牛のすね肉かなにかを頬張っていたホロがきょとんとしているので、エーブは嘘を言っているわけではないようだ。

「私もな、あくどく儲けようと思ったらできる立場だが、コル坊やには逆らわないことに決めたんだ」

ロレンスが訝しげに目を細めると、エーブは肩をすくめる。

「ウィンフィール王国側の港町で、私もあいつらにしてやられたってことだ。昔のお前みたいな執念深さで、私が描いていた陰謀の裏の裏まで食らいついてきた。この私がキャンと鳴いて、尻尾を丸めるくらい、それはもうこっぴどくな」

ホロが笑っていたが、そんな話が手紙にあったろうかとロレンスは思う。

コルのことなので、心配しないように旅のあれこれを「丸めて」記述していたのだろう。

「しかもあいつの膝が折れそうになった時、その傍らには常に銀色の狼がいるからな。元気さでいえば、そこの狼とは比較にならない奴がね。だからあの二人組を敵に回すのは、よほどの馬鹿だけだ。そして私は、馬鹿ではない」

単なる好き嫌いでコルたちの味方をする、というほどエーブも腑抜けてはいなかった。

どんな陰謀だかわからないが、きっと教会を巡って世の中が揺れているのをいいことに、大儲けの種を仕込んでいたのだろう。

「損得がきちんとあるようで、ちょっと安心もしました」

エーブはつんと顎を上げるのみ。

「それにまあ、あの二人の睦まじさはお前らといい勝負だからな。私は特等席で眺めることにしたんだよ」

エーブの意地悪な一言にロレンスはむせたし、ホロはくすぐったそうに笑っていた。

「でだ。木材は今どこでも必要とされている。まとまった量となると、そう簡単に手に入らない。特にウィンフィール王国は羊の国だからな。森なんていうものはとっくの昔に刈りつくされているせいで、どうしても大陸に頼らざるをえない」

王国には昔、ホロと一緒に行ったことがある。羊の化身がこっそり仲間たちと暮らしている修道院で、確かにあそこは見渡す限りの平原だった。

「だから確実に確保できるよう、私はここにきている。もちろんいくら必要だからといって、薄明の枢機卿のありがたい権威と交換にするような真似はしていないつもりだ。そんなことをすれば、いつもは可愛いコル坊やが、異端審問官並みの怒りを見せてくるからな」

「……」

そんな大げさなとロレンスが半笑いでいると、エーブはにこりともしない。

「それどころかあいつをちょっと悲しませただけで、話の通じない狼がたちまち牙を剝いて飛び出してくる。おかげで私は善良な商人になれそうだよ」

ミューリがコルの旅に同行するのを許したのはホロの一存だったが、その判断はさすが賢狼というべきなのかもしれない。

はらはらするほど生真面目で正義感に満ちたコルの側に、理屈を問わずその味方をし、牙と爪という純粋な力を行使できるミューリがいるというのは、必要な措置だったのだ。

たとえ、その理屈を問わない理由というのが、なんとも男親のロレンスの胸をざわざわさせるものであったとしても。

「木材と羊毛は、きちんと相場価格で交換する予定だ。けれどこちらとしては、手に入るならいくらでも、という感じの注文は出している。だからトーネブルクの領主らが森に対して危機感を抱くのだとしたら……それはカーランの連中のせいだな」

エーブの責任転嫁、と判断するにはまだ早い。マチアス自身、カーランの商人たちは信用しきれないようでいた。

「あなたからの注文に応じないと、薄明の枢機卿からの庇護が得られなくなると思っているのでは？」

ちくりとした物言いに、エーブはさらりと小首を傾げるだけ。

「あいつらがそう判断するのは勝手だが、そのつもりはこっちにもない。そもそも私は、こことは必要があって取引しているだけだ」

その主張がどこまで本当かはこれから調べるとして、ロレンスはひとまずうなずいておく。

「では、カーランの商人たちがやたらと木材を集めようとしているのは、取引をできるだけ大きくして、仲介する手数料で儲けようとしていると？」

「それもあるだろうが」

エーブは少し考え、言った。

「この町の関税の件は耳にしていないか？」

思わぬところで、最も奇妙だと思っていた話が出てきた。

「耳にしています。どういうつもりなのだと思っていましたが」

ロレンスはそう言ったが、木材を可能な限り安く吸い上げようとするエーブの策ではないのかと、今は思っていた。

「ここは後発の港町だから苦労が絶えず、町の発展のためにやれることを全部やるって気概に満ちている。私の好きな雰囲気なんだが、その目論見の一環だな」

トーネブルクの村で、地図を前にあれこれ推測した。カーランは周囲を敵に囲まれ、唯一の商いの突破口が、トーネブルクに切り開かれる予定の道だった。

「カーランは関税を下げることで、この町をでかくしようとしているんだよ」

ただ、エーブのその一言は意外なもので、ロレンスの耳に引っかからず通り過ぎてしまう。

「……え？」

「えってなんだ。お前は元行商人だろう？　旅先で立ち寄って町の関税一覧表を見て、町の思惑を推測したりしなかったのか？」

ロレンスは目をしばたかせつつ、慌てて頭の中を引っ掻きまわす。

税とは権力者たちが私腹を肥やすために集められると思われがちで、そういうことがないとはいわないが、人々のために使われることもたくさんある。

そのなかで関税というのは、ちょっと趣が違う特殊なものだ。それはある意味、市壁の代わりのような働きもこなすのだから。

関税とは、入る品物と出ていく品物の、その通りやすさを司っている。たとえばその町に毛皮職人がたくさんいるのなら、よその町の毛皮製品には高い輸入税をかけて職人を守るだろうし、食料を自給できない町ならば、町に入る食料をほぼ無税にする一方、町から運び出す時にはものすごい関税をかけることで、効果的に町に食べ物を集められる。

では、町に入る商品諸々の関税が取っ払われるかもという噂が出るのは、どんな場合だろうか。しかもその町は、町を大きくしようと画策しているらしい。

「資材を町に吸い込もうとしている?」

エーブはうなずいた。

「トーネブルクの森を切り開いて道をつくろうというのは、ここの奴らの悲願であるいっぽう、この規模の町にいる人間だけじゃ、とても作業に足りはしない。しかもトーネブルクの領主は間抜けではないが、お人好しだ。道を切り開く計画に同意するのは、領民の背中を鞭で叩かずに済む場合のみだと言ったらしい」

大規模な工事には、奴隷のごとく扱われる領民の存在がよく見られる。

マチアスがその手の領主とは違うことに安堵と納得はしつつ、森を切り開く人手となるとかなりの数になる。しかも人手というのは、呼んで集めて、それで終わりではなく、彼らが寝て、起きる場所を確保し、飲み、食べるだけの食糧を確保しなければならない。ロレンスたちも昔の旅で、水車の普請でてんてこまいになっているところに出くわして、職人たちの食事も用意できていないその混乱の中、パンと焼き肉を運んで大儲けした。

道を切り開くのに必要な人材を呼び集め、彼らを住まわせようとなったら、確かに町の関税を撤廃してでも大量の資材を集める必要があるだろう。

「ここの町は、世の中の流れと自分たちを取り巻く状況を見て、計画を練った。完璧に美しいとはいえないし、サロニアじゃあよくわからない商人に簡単に邪魔された。そんな感じでどこか浮き足立っているから、トーネブルクの領主みたいな奴からは、本当に大丈夫なのかと疑念を持たれるのも仕方ない。私のような軽薄な金持ちもいることだしな。けれど」

エーブはうっすら微笑みながら、手元の酒を見つめ、目を閉じる。

「その前向きな貪欲さが、私はたまらなく好きなんだ」

閉じた瞼の向こうを、どんな商いの記憶が流れているのかは、ロレンスも想像するしかない。

エーブからしたらレノスの町でロレンスと争ったり、ケルーベの町ではあわやというところで死にかけたことでさえ、楽しい思い出になっているのかもしれない。

けれどロレンスは、エーブのその穏やかな笑顔を見て思った。

今のエーブは、何物をも恨んでいない。

ただひたすらに大好きな商いを、好きなだけしているのだろうと。

「さっきの酒場もそうだ。南の料理や踊りを連中が熱心に学ぶのは、連中の大いなる計画の一部だ。なんと、南からの交易船を受け入れようとしているというんだからな」

ホロが酒場からもらってきた料理は、どれもきついくらいの香辛料の匂いに満ちている。

いくらか粗削りなそれだが、立派に異国情緒が漂っている。
「その手の船は、みなケルーベのほうに行くのでは？」
「遠路はるばるやってきて、地元のよくわからん料理を出される身にもなってみろ。そこに故郷の味を再現してくれている町があったらどうする？　多少不便でも、こぞってそちらに行くだろう」

食事がどんな意味を持つものか、根なし草が長かったロレンスには実のところよくわからないところもある。

ただ、ロレンスがホロと旅を始めた時、訪れる町のすべてが見慣れぬ場所に変わって不安そうだったホロの下に、かつて食べたことのある料理が出てきて、ほっと涙を滲ませていることがあった。

「しかも今はコルたちのせいで、奢侈品を取り扱う南の大商会がてんやわんやだ。最大の顧客である教会が購入しなくなって、砂漠の地方からの高級品をやり取りする南の大商会は、ひいひい言いながら、船をこの辺にまで北上させている。今までどれだけ頼んだって、居丈高に商品を寄こさなかった連中なのにな」

そう言う時だけ、エーブは悪い笑みを見せていた。

多分、エーブでさえ取引には苦労するような相手たちだったのだろう。

いつもつつがなく湯屋にその手の商品を届けてくれたデバウ商会の苦労の一端を垣間見た気

がして、カーラン経由で安く仕入れられないかなどと邪なことを考えた自分の浅ましさを、ロレンスは若干反省した。

「主だった大きな港町は、南の連中の傲慢さに煮え湯を飲まされ続けてきた身だから、意趣返しのように商品を買い叩こうとしている。だからここでカーランが彼らに恩を売り、取引を確立しておけば、未来への大きな投資になるってわけだな」

ニョッヒラの湯屋の経営を、楽でつまらないものだと言うつもりはロレンスにもない。

けれど湯屋を維持する細々とした日々にはない、大きくて雄大な商いの匂いが、エーブの話からは強く感じられた。

自分の足で立ち、利益を得るために黙々と歩き、丘の上のてっぺんに立ったことのある者ならば、誰しもがその先に見たはずの輝かしい未来の話だ。

ロレンスは鼻の奥に、あの頃の埃っぽい大地の匂いを思い出していたところ、テーブルの下で足を蹴られた。驚いて見やれば、ホロが視線を向けないまま、不機嫌そうに肉を食んでいる。

トーネブルクの鍛治場の横で、森の奥を見ていたホロに感じたようなことを、ホロも思ったのだろう。ロレンスはいまさらどこにも行かないよと言うつもりで、ホロの頭を撫でようとして、鬱陶しそうに手で払われた。

連れない乙女を前に自嘲気味に笑い、ロレンスはエーブを見た。

「あなたの遊興の理由や、酒場の派手な様子、トーネブルクの領主様が不安視するカーランの人たちの前のめりな感じはわかりました。それから、あなたがコルたちの思いを踏みにじっていないらしいということも」

エーブは目を閉じ、やれやれと肩をすくめるばかり。

「最後に聞きたいのは、あなたたちは森が枯れるほどの木材を必要としているのかどうかと」

目を開けないままのエーブのことを、ホロが赤い瞳で見つめている。

「また、一体そんなになにに使うつもりなんですか？」

木材をどこも必要としているのはわかる。

エーブも理不尽な要求を突きつけているわけではなく、羊毛との物々交換で手に入れるらしいということがわかった。コルの庇護を手に入れるというのも、木材の供給者であるトーネブルクの領主マチアスを巻き込むための手段として、カーランが活用していたのだともわかる。

しかし全員が利益を得る計画、というにはトーネブルクだけが不利なように感じた。

サロニアの件がロレンスの胸をチクチクと痛めるが、だったらここでもうひと働きして、トーネブルクを守ったって同じだろう。

エーブたちに渡す予定の木材を減らせられれば、それだけトーネブルクの森が傷つくのも避けられる。そしてそのことは、広大な範囲に広がる麦畑への影響も抑え込めるかもしれない。

やや希望に満ちた考えであることはわかっていたが、ロレンスとしてもそこの可能性は確認しておきたい。

しかしエーブの顔は、ロレンスの願望を冷ややかに見据えている。

「聞いて楽しいものではないが」

エーブはそう言って、いくらか往時の鋭さを思い出させる目でロレンスを見た。

「商人なら、悪い話こそ聞きたがると思います」

狼のごとき商人はにやりと笑い、顎を上げた。

「コルたちが世の中をかき混ぜているだろう？」

「ええ」

「しかも世の中を二分するような、大騒ぎだ。あっちこっちで嵐が巻き起こっていてね」

エーブは手元の杯をぐるぐると回し、中の酒が渦を巻き出した。

そしてその手を止めず、やがていくらか飛沫が飛んだ。

「こんなふうに、弾かれる奴らが続出している」

濡れた手を、側でおとなしくしていた娘が拭こうとしたところ、エーブはひょいと舐めとってしまう。

「商人ならば、好みも性格も、考え方さえ違っても、利益が一緒なら握手ができる。だが、そうはいかないこともあって、そのうちのひとつが、信仰だ」

その瞬間、マチアスが教会のどちら側につくのかを告白する際に見せた、緊張した面持ちを思い出す。

「土地の権力者と違う信仰を持つと判明し、昔の異教徒みたいな扱いを受けている奴らが出ているんだよ。ただ、もはやコルたちのことを単なる異端と断じるには、教会の守旧派にとっても勢力が大きくなりすぎている。だから破門と火刑台で迫るような事態にはなっていないが、小麦の袋の中に小石が混ざっているようなものだ。いつかそれは取り除かれなければならない」

ロレンスは、ゆっくりとうなずいた。

「あなたは、避難民を助けるために働いているんですか」

エーブがその言葉に嫌そうな顔をしたのは、悪い商人に見られたがるという子供じみた振る舞いだろう。言い訳みたいに少し早口に話し出す。

「コルたちに賭けているものが大きいんだよ。あいつの運動がつまずけば、私の商いも傾いてしまう。だから邪魔になりそうな小石をせっせとどけているだけだ」

コルが自身の活動のせいで故郷から追われる羽目に陥っている人々の話を聞き、心を痛める様は容易に想像できる。それを見たエーブがどう思うかも、また。

ホロが信頼するくらいなので、エーブもまた根っこではそれなりにお人好しなのだから。

「では、冬がくる前に話をまとめたがっているというのも？」

エーブはふてくされたような顔で、そっぽを向きながら答える。

「王国はここより寒い。そもそも避難民を受け入れるにしても、物乞い同然の扱いをすれば、コルたちの評判を落とすことになる」

彼らのための家をつくり、保護する。人が増えれば暖を取る薪も必要で、木材はいくらあっても足りることはない。

「避難する連中を運ぶ船も必要になるし、そう、船といえばあいつらは本当に……」

「？」

言い淀んだエーブにロレンスが怪訝そうにすると、エーブはため息と共に肩をすくめる。

「いや、なんでもない。詳しくは本人たちから聞くんだな。そのために湯屋から出てきたんだろう？」

船が一体なんなのか、とロレンスは思わずホロと顔を見合わせてしまう。

「コルもあの小さい騎士見習いの狼も、私やあんたの世代に輪をかけて怖いもの知らずだ。お姉さんは心配だよ」

それが演技でもなさそうに、エーブは憂い顔だ。

けれどそれは本物の危険を懸念するというより、ハラハラしている、というほうが近い。

切迫した状況ではなさそうなのだが、なにせコルの側にいるのはおてんば娘のミューリなので、またなにかとんでもないことを画策しているのかもしれない。

この件が片付いたら必ず二人の居場所をエーブから聞き出し、近況を確かめようと決意する。

「話を戻すと、とにかくなにもかもが足りていないってわけだ」

ロレンスはうなずきかけて、ふと思う。

「もしかして、カーランもその避難民を当てにして、トーネブルクの森の開拓を？」

マイヤーはカーランが地図を書き換えるつもりだと言ったし、エーブはカーランが町を大きくするつもりだと言った。そして入れ物だけ大きくしても、からんと乾いた音が響くだけ。町として機能させるためには人を増やさなければならないが、人は畑に生えている野菜ではなく、そう簡単に集まるものではない。

「そうだよ。故郷を離れるにしても、海を挟んだ王国より、故郷と地続きのほうがいいって連中もいるからな。けど、私からすれば、ここの町では引き受けられる人数が限られる」

「拡張の余地は十分ありそうですが」

ロレンスはそう言ってから、自分の思慮の浅さにすぐ気がつく。

「あー……養い口、ですね」

誰しも生きていくには働く必要があるが、急に人が増えたところで仕事が同じだけ湧いて出るわけではない。

「当面は、道をつくるための仕事があるだろう」

しかしいずれその開拓の仕事もなくなってしまう。

ロレンスはようやく、マイヤーから聞いた話が頭の中で繋がった。

「それを見越しての、新しい鍛冶場や炭焼き小屋の建設という話だったのか……」

マイヤーは、森の恵みを可能な限り吸い上げようとするカーランの身勝手な提案だと憤慨していたが、そうではなかったのだ。

カーランはその場しのぎではなく、きちんと先を見据えた計画を練っていたわけだ。

若干、弥縫策の懸念は免れないが、この大きな計画がその大きさゆえにばらばらになってしまうのを、どうにか繋ぎ止めようと知恵を絞った感じは十分に窺える。

「ですが……本当に、うまく回るのですか？」

森を切り開くことで新しい産業を生み出すにしても、そのせいで家畜たちを養えず、小麦畑が不作になれば人々が飢える。

推測に推測が積み上げられている様子は実に危なっかしいし、人の流入という問題は至極厄介なものであるということも、歴史が教えることだ。慈悲の精神から戦乱によって焼け出された人を大勢受け入れて、結局その町も崩壊してしまうというのは戦の時代によくあった話らしい。ため池をつくって養殖魚で人々を養ったというラーデンが、在野の司教と呼ばれ崇められるのにも、それなりの理由がある。

「私は神ではない」

神と同じくらい傲慢そうに、エーブは言った。

「商いはいつだって不確実な賭けだ。ここカーランは、でかい博打を打つ腹を決めた。トーネブルクの領主は、不承不承乗るしかなかったのかもしれないが、利があると思ったからこそ乗った。そしてまだ、テーブルから離れてはいない」

ロレンスはそこでようやく気がついた。マチアスがテーブルから離れるかどうかは、ロレンスがどんな報告を持ち帰るかにかかっているのだと。

「親切にあれこれ私に話したのは、領主様に良い報告を持って帰れというわけですか？」

エーブは否定も肯定もしない代わりに、にやりと笑う。特にコル側の事情を話したのは、ロレンスたちの心を縛るつもりだったのだろう。コルとミューリのことが心配でニョッヒラからのこのこ出てきたのならば、彼らの頑張りを無にするような判断はすまいと。

ただ、それがなくても、マチアスにはほとんど選択肢が残されていなかった。むしろ今までの話を聞くと、カーランがマチアスの弱みに付け込もうとしていないのは、恐るべき自制心と褒めるべきかもしれない。カーランは本気で、町の発展のことを考え、長い時間軸で物事を見て、トーネブルクとは良好な関係を築こうと決意しているのだ。

「私はお前の商人としての力量を認めている。だから、その決断を策を弄して左右しようとは思わない」

よく言うものだ、とロレンスは、ニョッヒラの湯屋の経営では決して浮かべない類の笑みをしてみせる。

「代わりに、あの樹木みたいな領主の尻に、火を点けてくれないかとは頼んでおく」

「のるにせよ、そるにせよ？」

冬はもはやさほど遠くないし、すでに大陸からは、続々と避難する人々がやってきているのかもしれない。ここでの木材調達計画が駄目ならば、すぐに次のところに行かねばなるまい。

ロレンスはそう思ったのだが、エーブは首を横に振って、眉間に皺を寄せた。

「時機を逸せば、たとえあの領主が羊皮紙に名前をしたためても、無用の長物になるかもしれないんだよ」

その口調のとげとげしさに、腹を満たして酒を啜っていたホロが、フードの下でぴくりと耳を立てていた。

「この取引を邪魔したくてうずうずしている連中がいる」

「邪魔？」

真っ先に、教会の中でもコルたちに攻められる側の者たちのことが思い浮かんだ。教会の守旧派は、トーネブルクがコルたちの側につくくらいならば、異端として討伐の軍を差し向けるくらいのことをしてもおかしくはない。

ロレンスはそう思ったのだが、すぐに変だと気がついた。

そうならないために、マチアスはコルたちの陣営につく必要があったのだから。もしもコルたちの側につくことが異端と宣告されることに繋がるのなら、マチアスは信仰に反し、古い教会の側に与したのではないか。エーブが説明したように、一度コル側の陣営と見なされれば、迂闊に教会の守旧派も手を出せなくなるから、コルたちの庇護下に入ると決断したはずなのだ。

よって、教会が邪魔しに出てくるのなら、話が堂々巡りになってしまう。

だからエーブが言う計画を邪魔しようとする勢力は、教会ではない。

では？

ロレンスが頭を巡らせた時、森をこよなく愛する森林監督官の言葉が蘇る。

「意地悪な……兄」

エーブが、鼻を鳴らした。

「ケルーベがこの取引を黙って見ているわけがない」

商いとは、詰まるところが限られた金貨の奪い合いで、カーランはその縄張りをでかくしようと画策している真っ最中。ならば既存の縄張りを奪われる側なのはどこか。

「今、ケルーベを誰が支配しているか知ってるか？　私の首がうずくよ」

エーブはそう言って、自分の首を撫でていた。

もう何年も前のことで、エーブもロレンスもまだ若く、抜身の短剣が商いに関わるような激しさのあった頃の話。

エーブは金儲けの果てに首を絞められ、殺されかけた。

その時に敵対していた相手とは、誰だったか。

エーブが微笑む様は、まさに狼が牙を剝くようなもの。

どこか遠くから、野犬の遠吠えが聞こえてきたのだった。

第四幕

開け放たれた木窓の向こうには、気持ちの良い晴れた空が広がっている。町を眺めていれば、かすかに潮の匂いをのせた穏やかな風が頬を撫でていく。

部屋の中からは、さり、さりという毛皮を櫛で梳く音が耳をくすぐり、時折鼻の甘い香りが木窓を通り抜けていった。

ロレンスが部屋の中を振り向けば、ベッドの上に高価な精油の入った硝子瓶を三つも並べ、貴族の娘も呆れるほどの手間をかけて尻尾の手入れをする、ホロがいた。

エルサの小言が聞こえるようだが、ロレンスはそんなホロの様子を見るともなしに見ながら、ずっと考えごとを続けていた。

昨晩の会合の最後、エーブはロレンスに言ったのだ。

「いずれにせよケルーベとの対決は避けられない、か」

飲みすぎというほどではないが、甘えたがりの癖が出るくらいには十分酒をきこしめしていたホロを宿に連れ帰る間、ロレンスはようやく見えてきた事態の全貌に、気が重くなる一方だった。

自分が目の当たりにしているのは、単なる地方領主のご用林の売却話などではなかった。この地方一帯のこれからの商いの流れを巡る話であり、今の世を二分しているコルと教会の争いにも関わっていることなのだ。

本来ならば一介の湯屋の主人が首を突っ込むようなものではないのだが、どういうわけか、それぞれの勢力の主要人物とは浅からぬ縁がある。なによりロレンス自身が、サロニアで木材商人たちの関税引き下げを邪魔するというきっかけを作ってしまっていた。

ロレンスに今少し信仰心があったのなら、神の与えたもうた試練、と思ったところだろう。

「日記に紙を足しておかんとのう」

けれど我が家の狼は、ロレンスのつぶやきにそんなことをのたまっている。昨晩のエーブの話を聞いてから、かえって機嫌がよくなっていた。

ホロは人見知りするところがあるので、トーネブルクやカーランという顔の見えない役者で溢れた話ではなく、コルやエーブ、それにケルーベで関わったことのある者たちがいるとわかって、どこか気安い感じがしたのだろう。

時折娘のミューリよりも女の子らしいところのあるホロだが、そんなホロの忘れていることがある。

「知り合いばかりだからって、なにひとつ安心できないぞ。相手は本物の商人たちだ」

ロレンスは木窓から離れ、自分のベッドに腰掛けてから、隣のベッドのホロを見やる。

「イッカクの騒ぎの時、エーブはキーマンに殺されかけていたのに、利害が一致した途端に手を組んだ。なら利害が対立するなら、またいくらでも敵になるだろう」

ホロは少し眉を寄せて、そうだったかのう……みたいな顔をしている。

「じゃが、あやつがコル坊やミューリのたわけのことを話しておる時、嘘をついておるようにな感じはありんせんかったが」

　お姉さんは心配だよ、なんて白々しいことを言っていたが、あれはあれで本音らしい。

「わっちからすると、あやつはもうなにがなんでも金貨を追いかけておるようには見えぬ。であれば、昔のような騒ぎにはならぬ気もするんじゃが」

　ホロは尻尾を最後に手で撫でて、つやつやの輝きに満足げな顔をしている。

「個人としてはな。けど、エーブもキーマンも俺とは違い、大物になることを追い続けていた商人だってことだ」

　尻尾を手にしていたホロが、一瞬無表情になった。それはロレンスがデバウ商会を土台に大物商人になる道もあったのに、その道を閉ざしたのは自分のせいだ、とホロが気にしているらしかったからだ。ついこの間に見せた、そんなホロの意外に殊勝な面にくすぐったく感じながら、ロレンスはこう言った。

「それにな、大きくなるってのはいいことばかりじゃない」

　その言葉を向けるホロも華奢な少女だが、その真の姿は見上げるばかりの狼だ。

「大きくなれば本人の意思とは関係なく色々なことに巻き込まれる。薬種商に迷い込んだ牛、なんて言われるようにな」

「牛？」

　ホロが目をぱちくりとさせていた。

「所狭しと壺の置かれた薬種商に、でかい牛が迷い込んでみろ。悲劇は免れない」

「むう」

「大物になるってのは窮屈になるってことでもある、という喩えだよ」

その神々しいまでに力強い狼の姿ゆえ、勝手に神だと崇められて息苦しい思いをしていたホロにもわかるはずだ。なんなら華奢な少女の姿で甘え放題なのは、その時の意趣返しなのかもしれないのだから。

「キーマンにケルーベの代表としての地位があり、エーブもコルたちのために仕事をしているとなると、互いに個人の感情を挟む余地などないかもしれない。なんなら本人たちは適当なところで妥協や譲歩をしたいと思っても、周囲がそれを許さないということだってある」

ロレンスはベッドに寝転がりながら言った。

「エーブが本気を出したなら、こんなカーランの計画なんて落雷のような勢いでまとめ上げてしまうはずなんだ。領主のマチアスもマイヤーも良い人だったし、カーランの商人たちは酒場で見る限り、眩しいくらいに前向きだ。町を発展させるために、酒場の主人たちが高貴な身分の者を招いて料理の勉強までしているなんて、あまり聞いたことがない。エーブみたいな悪い奴がその気になれば、がぶりだろう」

前向きな奴がいかに足元を見ずに歩いているかについては、ホロも一家言ある。実にしみじみうなずいていた。

「そして悪辣な手段で話をまとめた後は、どこに火が点こうとお構いなしで、儲けを手にしてさっさと雲隠れ。そうしていないのだから、穏便に事を進めているのは、本当にコルたちのためなんだろう」

エーブはホロと温泉につかりながら、弱みを作るのはどんな気持ちだと聞いたらしい。

手負いの狼として、この世のすべてを敵だと牙を剝いていたエーブの前を、間抜けな羊と大きな狼が楽しげに歩いていった。

エーブはそのことに、なにか馬鹿らしくなったのかもしれない。

護衛たちは仕事熱心だし、踊り子の娘は心から楽しそうに踊っていた。

エーブは木のうろから出て、信頼できる仲間を集め、世界との関わり方を変えたのだ。

「けれどそのせいで、ケルーベが邪魔立てするのを許してしまっている……というところじゃないかな」

「ふむ。じゃがその邪魔というのはなんなんじゃ？　ケルーベとやらは、家の庇がぶつかるような隣の家でもあるまいに。町と町の間には長い距離があるというのに、なぜそんなに争う必要があるんじゃ？」

ケルーベの賑やかさを知っているホロからすると、カーランは何段も見劣りするこじんまりした町に見えているだろう。だからこのカーランがちょっと商いを拡張するくらいで、すでに巨大なケルーベが本気で怒るというのがよくわからないのだ。

「ケルーベも元々は、レノスからもたらされる毛皮と木材を取り扱うことで栄えた港町だ。だからケルーベとカーランはそもそも町の商いの構成がかなり似通っている。しかもどっちも海洋交易に手を出していれば、ますます商う商品は似通ってくる。商売敵として目障りこの上ないだろうし、たとえば王国との関係でも、羊毛なんかは日々奪い合いじゃないか？」

羊毛はウィンフィール王国の特産品で、世界中のどこの市場でも重宝されるから、手に入れれば手に入れるだけ儲かるような商品といってもいい。

エーブ自身、今は羊毛の商いを主軸にしていると言っていたし、今回の話では複数の商会の羊毛をまとめて取り扱っているらしい。コルとの関係をあくどく利用しているわけではなかろうが、王国の趨勢を左右すると言ってもいい薄明の枢機卿と最も親しい商人として、ちゃっかり良い立場を独占しているのは間違いがないようだ。

だからカーランがこれから大きな町になろうと決意していて、その心意気に打たれたなんていうのは、あるにしてもほんのわずかなおまけ程度のもののはず。エーブがこの港町にいる最大の理由は、カーランに恩と一緒に羊毛を可能な限り高く売りつけ、引き換えに必要な木材をより多く手に入れられると踏んだからだろう。

そしてどんな商品も無限ではないのだから、カーランが増やした羊毛の輸入分は、ケルーベへの割り当てから差っ引かれることだろう。

「ぬしら商人は本当にたわけじゃな。お互いに融通するということをちっとも学ぼうとせん」

実に正論だが、酒場で美味そうなものが出てきたら、とりあえず全部を手元に引き寄せるホロである。ロレンスが微笑みながらその顔を見つめていたら、鋭く睨み返された。

「なにか言いたいのかや」

「いいえ、なにも」

ロレンスは肩をすくめて、話を続けた。

「それに面倒に拍車をかけているのが、エーブも多分、ある程度はわざとケルーベと対立してるだろうってことなんだよ」

「……」

ホロの形の良い眉が、猫の長い尻尾のように波打っている。

「この近辺では、ケルーベが最も歴史ある港町で、規模も巨大だ。となると、王国の羊毛商人にとっては手ごわい取引相手だったはずなんだ。しかもほら、ケルーベはレノスからの木材を取り扱っているだろう？　だから森のない王国の商人たちは、ケルーベにあまり強気に出られなかっただろうしな」

「木材でやられたことを、羊毛でやり返そうというわけかや」

ロレンスが首をすくめると、ホロは人の世の争いにげんなりしていた。

カーランが既存の領主たちの領地を迂回するため、トーネブルクの森に道をつくりたがっているように、エーブやエーブと協力する王国側の羊毛商人たちもまた、手ごわい取引相手であるケルーベに頼らない羊毛の販売先と木材の仕入れ先を確保したがっていたとしてもおかしくない。その貴重な機会として、この計画に関わっているのではないか。

「それに町の商いの構成が似通っていると、どっちかの発展はどっちかの衰退にそのまま繋がりやすい。単なる縄張り意識だけじゃなくて、実害があるんだよ」

ロレンスの言葉に、ホロはもうお腹いっぱいじゃとばかりに、尻尾をぽいと手放すと、ベッドの上で丸くなってしまった。

「商いだとわかりにくいが、畑ならどうだ？　それまで百人の村人をぎりぎり養っていた小麦畑が、隣村に半分奪われてしまったとしよう。その村はこれからどうなると思う？」

「むう……」

ホロの耳が、神経質そうに互い違いに動いている。

「いつまでたっても畑を広げられない場合も、似たようなものだ。養える者の数は畑の大きさで決まっているから、腹いっぱい食べたければ畑を大きくするか、人数を減らすしかない」

口減らしや奴隷売買といった不穏な単語は、ホロのいた村でこそ聞かなかったろうが、世の中そんな幸運な農村ばかりではない。

そしてなぜ、あっちこっちで戦が絶えないかということだ。

「商いも同じなんだよ。仕事がないと人は養えず、商品が流通しないと仕事も生まれない。そして流通する商品には常に限りがある。取り扱う商品が増え、仕事も増え続けるなら、商会も職人の工房も新しく人を雇え、長年勤めてくれた徒弟を独立させてやれる。しかしそうでなければ、若い職人を雇えず、徒弟は飼い殺しだ。主人たちにとって、懸命に働いてきてくれた者たちに報いてやれないのは不甲斐ないことだろう。これで商いが減りでもすれば、手元に置いておくことさえままならなくなる。それゆえに、どこも縄張りには目を光らせるんだ」

マチアスが森の切り開きに賛成したのも、この考えの延長だろう。マイヤーは森の恵みが失われ、周囲の小麦畑の生産性が落ちることを危惧していたが、マチアスはそれでもなお、森を切り開くほうが最終的には人々の利になると考えたのだ。

なぜなら、森だろうと畑だろうと広げるには新しい土地が必要だが、戦でも起こさないかぎり土地が増える見込みはない。だとすれば残された手段は、森をいかに効率よく利用するかにかかっている。

たとえば道を通し、鍛冶場をつくれば、確かに森は痩せるかもしれないが、トーネブルク全体で考えた時にはより多くの人々を養えるかもしれない。

ロレンスの説明に、ホロはベッドの上で手入れしたばかりのふわふわの尻尾を、いつもの倍の大きさに膨らませていた。それは自身の不明を指摘されたからではなく、この世の無慈悲な現実に対して怒っているのだろう。

「だから、誰が悪いっていう話ではないんだ」

どの陣営にも言い分があり、守るべき人たちがいる。

「量の違いなら、あるだろうが」

十人が苦しむのと引き換えに、百人を助けられる方法はあるかもしれない。

たちまちホロは顔をしかめ、寝ている気分でもなくなったのか、ベッドから降りていた。

そして木窓の側に立つと、平和そうなカーランの町を見つめている。

商いの争いは森の変化がそうであるように、本物の戦と違って目に映りにくい。

この賑やかで平和な町がどんな流れの瀬戸際にいるのか、ホロはようやく気がついたのだ。

「ぬしでもどうにかならぬのかや」

そんなふうに期待してくれるのはありがたいが、ロレンスは良い言葉を返せない。

どんな結果になっても恨みっこなしだぞ、とこの件に関わる時に予防線を張っておいたが、だからといって気が晴れるわけではない。

「俺の持ち物とお前の持ち物を交換し、どちらも笑顔にさせるのが商人だが、パンとパンを交換しても余計に腹が膨れるわけではない。それは魔法というやつだ」

ロレンスはため息をついて、天井を見やる。

「エーブは、俺にそうさせるつもりのようだが……」

ホロが振り向いた。

「昨晩あんなに洗いざらい話したのは、決して懐かしさや、親切心からじゃない。俺からトーネブルクの領主に対し、心変わりしないよう説得してもらうため。それから――」

「使い走りじゃろ」

うちの小僧を勝手に使いおって、とばかりの不服そうな態度でホロが言う。

「使者と言ってくれないか」

今やケルーベを支配しているらしいキーマンとロレンスは、もちろん知らない仲ではない。なので狭い海峡を挟み、商いでたびたびキーマンたちと小競り合いを続けていたらしいエーブとしては、自身がケルーベに乗り込むよりもロレンスにやらせたほうがよいと判断した。

それで昨晩の会合の最後、ロレンスに使者になってケルーベと交渉してくれないかと頼んできたのだ。

「なんであれ、いまさらこの話を放り出せないからやるしかないんだが」

大元をたどれば、サロニアでちょっと頼まれた仕事を片付けたことに端を発している。それがいつの間にか、町と領地を代表しての交渉役だ。世の中というのは色々なところで、色々なものが繋がっている。昔の行商での縁がそれくらいに大きな足跡を世の中に残していた、ということでもあるのだろうが、その足跡をたどって過去に追いつかれることもままあるわけだ。

ロレンスは商人の道から降り、湯屋の主人になって、不肖の一人娘も家から出るような歳になった。ならば立つ鳥跡を濁さずの言葉どおり、いくらか足跡の後始末をする義務があるのかもしれない。

「もちろん、気は重いんだが」

それは厄介な交渉ごとになるのが目に見えている、というだけではない。キーマンはロレンスの古巣であるローエン商業組合の一員なのだ。いわば親戚の延長みたいなもので、単なる商売相手とは意味合いが異なってくる。

ニョッヒラで狼と香辛料亭を建設する際も、古巣のローエン商業組合から金を借りる際にキーマンが色々力になってくれたし、キーマン自身の商いが不運によって傾いた時でも、彼は約束を反故にしなかった。

ニョッヒラに引っ込んだためにロレンスは今でこそ正式な組合員ではないが、血の繫がりが簡単に消えないように、組合との繫がりだって一生消えないはず。

それらの諸々があって、キーマンと、ひいてはケルーベと正面からやり合うのは嫌だった。

ロレンスは自覚があるが、お人好しなのだから。

「どっちかがわかりやすい悪人だったら、わっちの牙も使えたろうがのう」

ロレンスの胸中をいくらか察したらしいホロが、そんなことを言った。

「正しい指摘だ。この話では、どっちかを一方的に勝利させるわけにはいかないのが、一番厄介なんだよな」

ホロが散々毛づくろいをしていたせいか、ややむずむずする鼻をこすったロレンスは、そのまま手で額を撫でる。

「目標は痛み分けだが、カーランとケルーベじゃ規模も歴史も違うってのも厄介だ」

「規模と歴史？」

「面子だよ」

ホロが焦げた肉片を食べたように顔をしかめている。新参者に古参がどんな目を向けてくるかは、ニョッヒラの湯屋で互いに経験済みだ。それが何世代にもわたる町同士のこととなると、輪をかけてひどいだろう。

「それにエーブ自身、イッカクを巡る騒ぎの時は、ケルーベの都市貴族たちに利用されて煮え湯を飲まされている。向こうもそれがわかっているだろうから、意趣返しにとんでもないことをされるかも、と警戒しているだろうな」

むしろカーランはこのことを知って、話に乗ったのではないかとさえ思う。エーブとケルーベの確執を知っていたから、エーブは絶対に自分たちを裏切るまいと確信した。

「過去を引きずる点については、わっちも偉そうなことは言えぬがのう……」

ホロの辟易した様子に、ロレンスは肩をすくめる。

「エーブ自身は遺恨だとかなんだとか、気にしてなさそうだけどな」

「ふむ？」

「周囲があれこれ推測するのはあるだろうし、エーブのことだからそれを利用するってことはあるだろうが」

ロレンスは体を起こし、ニョッヒラのどことなくのんびりした生活では絶対に味わえない、商人同士の戦いの味を思い出す。

「復讐のためにエーブがカーランの味方をしている、とケルーべの連中が考えてくれれば、交渉でエーブに有利になる」

賢狼を自称するホロでも、ややこしかったらしい。

「だって、商いじゃないんだ。復讐だからな。採算度外視で、死なば諸共と襲いかかってくるはずだ。とすればまともに対峙するのは賢いことではない。道連れになりたくない相手は、どこかで譲歩することになる。よって、エーブは戦わずして勝つわけだ。これぞ商人だな」

ケルーべが荒っぽい方法で計画を阻止しにこないのは、このへんが抑止力になっているのかもしれない。エーブももはやそこいらの商人ではなく、莫大な富を蓄えたうえに、今をときめく薄明の枢機卿と懇意にしている、いわば政商だ。手を出したらウィンフィール王国含め、どんな仕返しをしてくるのかは、ロレンスにさえわからない。

「ただ実際は、エーブのほうに遺恨なんてないだろうし、コルのこともあって穏便に話を解決したいと思っている。するとエーブからすれば、この抑止力もどれだけ効果を発揮し続けるかは心許ないだろう。そこでエーブははったりがばれる前に、俺を間に挟もうというわけだ」

顔を見せない者の真意を量るのは難しい。対応に出た従者が黒だと言えば、白い物でも黒く見えるだろうし、ロレンスにその従者役をやれということだ。

「ふうむ……」

ホロは唸り、しばし黙考してから、言った。

「じゃが、ぬしはどう交渉するつもりなんじゃ？　なにかあてがあるのかや」

「ないよ」

ロレンスがあっさり答えると、ホロは目を丸くしてから、嫌そうに細める。

「からかってるわけじゃない。本当にそうなんだが、無策ってわけでもない」

全然わからぬ、とばかりのホロに、ロレンスは言った。

「この話には全員が満足する道がない以上、順番で工夫するしかない」

「順番？」

ホロの耳が、右、左と順番に動いていく。

「たとえば、エーブとカーラン、それからトーネブルクの三者の契約が結ばれる前に、先に懸念を払っておこうと思ってケルーベと交渉するというのは、悪手だな」

ホロが木窓から離れ、ロレンスの隣に座って、わからぬ、とばかりに尻尾でベッドを叩く。

「鎖は一番弱いところ以上に強くなることはできない。ケルーベとの交渉は長くて荒れるだろうから、マチアスが途中で音を上げて降りてしまうかもしれない」

むう、と狼が唸る。

「だからまずはマチアスを説得し、エーブを通じてコルたちとの契約を確かなものとしてしまう。領主は名誉を重んじるから、一度契約を結んでしまえば耐えてくれるだろう」

マチアスがその点で信用できそうなのは、ホロも森でちらりと見た時のことを思い返して、納得してくれた。

「そのうえで、ケルーベの連中の怒りを鎮めるほかない。その鎮め方は……正直ケルーベがどう出てくるかによる。しかし、これはお前もよく使う手だから、なじみがあるだろ」

「わっちが？」

「既成事実からの、なし崩し」

ホロは不服そうな顔を一瞬見せたものの、あまり反撃してこなかった。多分、マイヤーから話を聞く前に蜂蜜酒をさっさと受け取り、ロレンスがマイヤーの話を聞かざるをえないようにしたことを思い出したのだろう。それの応用だ。

腕組みをして聞いていたホロは、その苦い実も含めて話を咀嚼するように頬を膨らませていたが、不意にそこに砂が混じっていたかのような顔をした。

「じゃとすると、あのたわけめ……。それで余計に、ぬしを使おうとしたんじゃな」

「ん？」

「ぬしは最適。いや、ぬしとわっちこそ最も交渉役に適しておると、小躍りしたはずじゃ」

ホロがどうしてケルーベの交渉で役に立つのか。

今度はロレンスがホロの思考を追いかけていると、ホロはさっさと種明かしをする。

「話がこじれた時のことを考えてみよ。他の誰を送っても昔のあやつみたいに捕らえられて、亡き者にされるやもしれぬ。じゃが、ぬしの側におるのは一体誰じゃ？」

ホロはふんすと鼻を鳴らしている。

「賢狼様だ」

ロレンスならば荒事に巻き込まれても、側にいるホロがすべての愚か者を返り討ちにしてくれる。そうすることで、むしろ有利になることさえあるだろう。

エーブが最初からロレンスたちを餌にするつもりかどうかはわからないが、送り出しても安心できる人材であることは確かだ。

「……多分、コルとミューリの様子を見て、学んだんだろうな」

若干頼りないコルのことを、尻尾の毛を逆立てて守るミューリの様子が目に浮かぶ。

ロレンスが苦い笑みを浮かべていると、ホロが肩をぶつけてくる。

「そうなるとな、ぬしよ。わっちゃあもうひとつ気になることが出てくるんじゃが」

胸の前で腕を組んだホロは、ベッドの上に足を上げ、胡坐をかいて思案を巡らせている。

「放っておいても死にはせぬわっちらを、面倒な交渉ごとに放り込むじゃろ？」

「ああ」

「そうしたら、よもやあやつはさっさと別の商いに移るつもりではあるまいな」

「そんなこと――」

ない、と言えなくもなかった。

なにせのらりくらりと交渉をはぐらかし、たとえばケルーベが根負けしてくれればそれでもいいのであり、問題はその無駄な時間を誰が使うかなのだから。

「山奥の湯屋から、娘の様子を見にのこのこ出てくるくらいじゃ。暇なんじゃろうと、見くびられたのではないかや」

そのじめつく口調はエーブの悪辣さを責めるものではなく、間抜けな羊の頭を小突くものだ。

「それにわっちらには……コル坊たちの邪魔などできんせん」

だからエーブの思惑が透けて見えていても、ロレンスたちは計画を成就させるために動くほかない。なにより、一人娘と息子同然の青年の二人が引き起こしたことの、その後片付けでもあるのだから。

「まるでぬしがあやつの前に立った時から、ここに追い込まれるのは決まっておったかのようじゃ」

そう言うホロは、やっぱりエーブを責めるのではなく、ちょっと柵を置いてやれば自由にその行き先を操れてしまう羊の単純さに呆れているようだった。

「ぬしは向こう見ずなことを平気でする割りには、わかりやすいからのう。わっちと出会うまで、よく無事に生きてこられたものでありんす」

「……」

ロレンスはどうにか作り笑いを浮かべるほかないし、ホロの知っている「向こう見ずなことを平気でする」伴侶とやらは、ホロと出会う前までは実に地味な商いに終始していた。

　ではなぜ向こう見ずになったのかの答えを言えば、それはきっとホロの顔をにんまりさせ、尻尾をぱたぱたさせるだろう。

　そしてもちろん、ホロはその答えを知っているはず。

　ここでそんな軽口を向けてくるのは、そのことをロレンスの口から言わせたいからだ。

　ロレンスはホロにまで手際よく追い立てられていたのだが、エーブとホロが違うのは、ホロはその気持ちが耳と尻尾に出るところだろうか。

「俺がいつも危ない目に遭うのは、お前を前にして、つい張りきってしまうからだよ」

　幾分棒読みだったかもしれないが、ロレンスはホロの望む台詞を言った。

　徒弟の昇格試験を検分する監督官のような目でロレンスを見ていたホロは、ふんすと鼻を鳴らしてから、急に満足げな顔になる。

「ぬしは本当に、わっちのことが大好きじゃのう？」

　梳きたてでふわふわの尻尾が、ぱたぱたと振られている。

　十年前から変わらぬ二人のやり取りといえばそうなのだが、ロレンスだってその間にいくらかは成長している。

　だからご満悦な様子のホロの肩を抱き、ロレンスはこう言ったのだ。

「……じゃあ、トーネブルクの森のことは、目をつぶるってことでいいんだな？」

エーブの思惑に乗っかって計画を進めるというのは、マチアスの説得に向かうということであり、森を切り開く案を推し進めるということだ。それはホロのために森を守ることを、ロレンスが諦めるということでもある。

ホロはコルたちのことも考え、そうするほかあるまいと理解した。そしてこれ以上ロレンスに無理をして欲しくないと思ったホロは、逃げ道を用意してくれたわけだ。

「構わぬ。いくら豊かな森であろうともな、一人で歩いては面白くありんせん」

ホロにこう言われ、ロレンスは大商人になる道さえ諦めた。

微笑んだホロは少しだけ牙を見せ、それから顔をロレンスの肩に押し当ててくる。

「それにあの森の男たちも、森のことを真剣に案じておった。すべてを守れずとも、あれこれあがくはずじゃ。それが無益だとか無駄だと言うことは……わっちらにはできぬじゃろう？」

顔を上げたホロの表情は、寂しそうな、けれどどこか吹っ切れた笑顔だった。

ホロとロレンスの生きる時間は大きく異なり、ロレンスがホロのことを永遠に幸せにさせ続けることは、絶対にできない。その幸せの泉は必ず、いつか枯れてしまうものだ。

けれどその泉で喉を潤すことがまったくの無駄などということはありえないし、少しでも長持ちさせようとあくせくすることが誤りだとも思わない。

もしそうなら、ホロとはレノスの町で別れていたのだから。

「ただまあ、あの食いすぎの栗鼠の尻を蹴飛ばして、たまに木の種を植えにこさせるくらいは、してもよいかもしれんな」

鉄鉱石の掘り出しによって禿山になったのを、見事復活させた栗鼠の化身ターニャ。自分の好きな実をつける木ばかり植えるのが玉に瑕だが、実をつける木は大抵よく葉も落とす。あの森ががらんとした針葉樹だらけになるのをいくらか防いでくれるだろう。

「ならば善は急げだ。マチアスの説得にいくとするか」

「んむっ」

「じゃあエーブに頼んで早馬を仕立ててもらうから、お前はしばらくここで——痛っつ⁉」

腕をつねられたロレンスが驚いてホロを見ると、その目が冷たく見据えてきている。

「……いや、急ぎの連絡をしにきたのに、夫婦そろってというのも妙な話だろ？」

マチアスからは真剣みが足りないと見なされても言い訳できないし、なんなら昔のことを思い出せばいい。ホロを連れて借金を頼みに回っていたら、馬鹿にするなと怒鳴られた挙句、ホロともぎくしゃくした嫌な記憶が蘇るはずだ。

ホロもそれはわかっていようが、この流れで自分だけ留守番するということが我慢ならないのだろう。それは子供じみた乙女心というより、群れを大切にする狼の性質なのかもしれないが、とロレンスが思っていたら、ホロが思った以上に冷たい目をしていた。

「じゃからぬしはたわけの羊じゃというんじゃ」

「ん、え？」

ホロは赤い瞳を鋭く細め、呆れた様子をたっぷり込めて言う。

「話がきな臭くなるかもしれぬと言っておるのに、ぬしだけふらふら町から出ていって、どうして無事に帰ってこられると思うんじゃ？」

ロレンスは息を呑み、思わず木窓の外を見てしまう。

「誰かに見張られているのか？」

「今のところその気配はありんせんが、ぬしが森についた途端、ちょうど弓矢を持った連中もまたあの森に到着するやもしれぬ、とは考えぬのかや」

ケルーベはカーランの計画を阻止したがっている。それはひとつの商会が儲けを失うという規模の話ではなく、汚れ仕事を請け負う者たちの一人や二人、あの規模の町ならばすぐに用立てられるだろう。

手を出してきたら容赦はしない、とエーブが睨みを利かせているかもしれないが、それもいつまでもつかはわからない。しかもトーネブルクは狙う先としては最も弱く、しかもカーランの計画の要でもあるのだから。

「ん……じゃあ、その」

「本当はぬしを背に乗せて駆けていきたいところじゃが……ぬしが馬に乗って現れぬのも妙な話じゃからな。ぬしは馬に乗っていけばよい。わっちは離れてついていきんす。ついでに交渉の時は森におればよいじゃろう？　そこなら十分、ぬしの声に気づきんす」

　ホロとの付き合いもずいぶん長いのに、どうにもまだまだ尻尾を踏んづけてしまうことがある。

「まったく、ぬしは掴みどころがないかと思えば、たわけなほど単純じゃからのう！」

　ホロがご立腹なのは、エーブにいいように使われているうえに、いまいち乙女心がわかっていないという不満からだろう。

　ロレンスの返事を待たずにベッドから立ち上がり、尻尾の毛を膨らませながらトーネブルクに向かうための準備を始めたホロを見て、ロレンスはけれど少し楽しくなる。

　ニョッヒラも悪くないが、ホロとこういうやり取りをできるのは、外の世界ならではのことなのだから。

「干し肉と塩漬け肉、どちらがよいかのう。ぬしよ、鍋はそっちの馬に載せられるかや？」

　それに真剣な様子のホロでさえ、この調子だ。せいぜいエーブの思惑どおり、与えられた仕事をこなすほかあるまい。ロレンスもベッドから降りて、早馬で出かける準備をする。

「しかし、俺たちがこなかったら、エーブはどうするつもりだったんだろうな」

　ホロはきちんとろくでもない事態に頭を巡らせ、ロレンスの手綱を引いてくれるし、仮に荒事になっても立ち向かえだけの強さがある。しかしトーネブルクはどうだろうか。

　あの森でロレンスたちの前に現れたマチアスが連れていたのは、いかにも当番制で革の鎧を着ただけの農兵だった。

ケルーベの荒事(あらごと)担当が送り込まれたら、一巻の終わりのような気もする。

「森の守り手の弓の腕(うで)は見事じゃったが」

マイヤーは馬上から野兎(のうさぎ)を射抜(いぬ)いていた。

「物量には勝てないだろう。ましてやずっと領主に張りついていられないだろうし、老司祭を狙(ねら)われるかもしれない」

だだっ広い領地は、守るのに適していない。計画の仲間を守るなら、マイヤーはともかく、マチアスだけでもカーランの町に留(とど)めるべきなのでは。それともマチアスがそのことを虜囚(りょしゅう)ととらえてしまうくらい、エーブはマチアスから疑いの目で見られているのか。

「ふむ。いや、あのたわけならば、そうやって領主とやらの尻(しり)に火を点(つ)けようとしておったのかもしれぬ」

一瞬(いっしゅん)わからなかったが、ちょっと考えてみて理解した。マチアスも間抜(まぬ)けな領主ではないから、ケルーベが実力行使に出るのなら、真っ先に狙(ねら)われるのは自分だろうとわかっていたはず。身の安全を確保するには、さっさとエーブやカーランと契約(けいやく)を交(か)わすしかない。

もちろん本当にケルーベがマチアスを脅(おど)すようなことがあれば、それはかえってマチアスがエーブの言い分を信じる理由にもなる。早く薄明(はくめい)の枢機卿(すうききょう)の庇護(ひご)下に入り、味方を増やさなければと、マチアスの背中を押してくれるだろう。

「けど、危ない賭(か)けだよな」

暴漢がほどよくマチアスを脅してくれるかどうかはわからない。一体どんな方法でマチアスの心を折りにくるかは未知数で、あまり分の良い賭けとも思えなかった。

荷物に肉をどれだけ詰め込むかを真剣に吟味しているホロをよそに、ロレンスはふと思う。

「まさか……エーブは、自分でそれをやるつもりだったんじゃ？」

予言を必ず当てるためにはどうすればいいか？　というよくある謎かけだ。

答えは、自分で予言の内容を実現してしまえばいい。

確実を期すために、エーブなら躊躇いなくマチアスを脅かすのではないか。

「エーブは相変わらずだな」

ロレンスが苦笑しながらそう言って、荷物を麻袋に入れたその瞬間。

自分自身が袋の中に落ちたような感覚に見舞われたのだった。

「えっ？」

今、自分は、明らかになにかとてつもないものの影を見た。それはたとえれば、商店が軒を連ねる大通りを冷やかして歩いていたら、なにげなく通り過ぎたところに、店ではなくなにか大きな生き物が居座っていたような感じだ。

ロレンスは明らかに論理の道を順調に歩いていたのに、思ってもみないところでつじつまが合わないような感覚に襲われた。

慌てて記憶の道を引き返し、そこに並んでいるものを確かめていく。

ケルーべとの関係がきな臭いから、ホロはロレンスを守るために同行を頑として主張している。特にトーネブルクは狙われやすい。マチアスを守るのは普段は畑で鍬を振るっている農夫だろうから、彼だけでもカーランに留めておくべきだったのでは。

けれどマチアス自身、エーブやカーランとの折り合いがよくなく、町に留まれと言えば虜囚を思わせてしまうかもしれない。

ここで、盤上で駒を動かすかのように計画を見つめるエーブが出てくる。エーブなら、親切心でマチアスの身の安全に気を揉むようなことはしないだろう。いっそ何者かに襲われてくれたほうが、煮えきらない態度もはっきりするだろうと考える。とはいえケルーべの悪漢が良い具合に痛めつけてくれるかどうかは賭けになるから、自ら暴漢を仕立て上げてマチアスを襲うのがより確実である。

こんなふうに道には看板が並んでいるのだが、明らかになにかが欠けている感じがあった。

ロレンスにはもう一歩踏み込んで、気がつくべきことがある気がしたのだ。

「……ええっと……ああ、くそ！」

呻くロレンスは、自分の額をぱちんと叩く。すっかり頭の中には湯屋での細々した仕事がどっさり詰まっていて、かつての行商の旅で散々繰り返した、思惑の巡らし合いのようなことを考えるための隙間がない。もやがかかったような頭を叱咤して、ひとつずつ煉瓦を積み上げて、考えていく。

それに、そもそもの大前提だ。

ホロはニョッヒラでエーブから相談を持ちかけられ、ずいぶんと気を許していた。けれど本当に、エーブをそんなに信用してよいものだろうか？

それはエーブが悪い奴かどうかとは関係なく、そのすごさを、同じ道を歩いたことのある商人として知っている自分だからこそ、最初に考えなければならないものだと思った。

厄介なのは、エーブが悪意を持っているようには見えないせいだ。

もっといえば、それがおそらく真実だろうということだ。

しかも、エーブが万が一ロレンスたちを罠に嵌めるようなことがあれば、エーブはコルとミューリの関係を失うのみならず、ホロを敵に回すことになる。ホロを本当に怒らせたら、逃げきるのは無理だとエーブならわかっているはず。

それにロレンスはホロが呆れるくらいに単純でもあるし、なによりエーブと同じ商人としての思考法をするから、エーブにとってロレンスというのは騙す必要すらない駒ともいえる。

実際に、ホロと一緒に頭を巡らせて出た結論がまさに、エーブにうまく操られているがそうせざるをえない、というものだった。

ならば。

つじつまが合わないように感じるのは、気のせいか？

いや、あまりに奇妙だ。ケルーベの妨害への意思と、マチアスの無防備さは、エーブが見落とすにはあまりにも大きい瑕疵だ。

ということは、まだロレンスたちに見せていない舞台裏がある気がした。

ロレンスはじっと耳を澄ますように考え、部屋を見回し、さらに木窓の外を見る。

自分たちはサロニアから出てきて、どんなやり取りを経てきたか。

そして。

「ぬしよ、昨日食べた南の国の香辛料とやらが欲しいんじゃが、今から買いに——」

と、森に散策にでも行くかのようだったホロは、言葉を止めた。

ロレンスが口を笑みの形に歪め、エーブが相変わらずしたたかなことに、いっそ嬉しくなっていたからだ。

「ど……うしたんじゃ？」

ホロの問いに、ロレンスは大きく息を吸ってから、吐く。

「なんでもない。予定どおりにトーネブルクに向かおう。ただ」

「ただ？」

両手いっぱいに肉だの鍋だのを抱えたホロが、訝しげに上目遣いになっている。

「ちょっと寄り道をしたい」

悪い狼だの、女狐だのと呼ばれるエーブ・ボラン。

あの魔女にかかれば、悪事を働かずとも都合よく星と月を動かすことは、可能なのだった。

エーブに連絡し、マチアスを説得するため、一路トーネブルクへと向かうと告げた。

エーブは特に警戒することも、もちろん両手を叩いて喜ぶこともせず、つつがなくこなすようにと言わんばかりのいつもの反応だった。

そうこうして用意した馬の背に、ロレンスはホロと一緒に乗ってカーランの町を後にした。

そうしてしばらくトーネブルクの道を目指していたのだが、日も暮れ、丘の影が長く地面に伸びる頃、ロレンスはいったんホロと一緒に馬を降りた。適当な雑木林を見つけると馬を繋ぎ、ホロの尻尾の抜け毛を馬のたてがみに結んでおく。一晩くらいなら盗人に見つかることもないだろうし、野犬の類はホロの匂いのせいで絶対に近寄らないだろう。

『悔しくて言うわけではありんせんがな』

ロレンスを背中に乗せた狼姿のホロは、太い首をぐるりと回し、大きな赤い瞳でロレンスを見る。

『考えすぎではないかや』

「同じ台詞を、エーブの近況を耳にした直後の俺に言ったとしたら、どうなったと思う？」

エーブは放蕩三昧で信頼できない。コルの威信を盾に使ってろくでもないことをしている。

そう思い込んだロレンスに対しホロは呆れつつ、賢明にも口をつぐんでいたし、本人を目の当たりにすれば誤解も晴れるだろうと判断した。

ロレンスは、それとまったく同じ構図が、今回の話にあることに気がついたのだ。

「キーマンについて、あるいはケルーベについて、エーブは具体的なことをなにひとつ言ってないんだよ」

ホロは足慣らしのように軽く歩き始め、徐々に速度を速めていく。まだ太陽が地平線に隠れていないので、誰かに見られていないか一応確認しているのだ。

それはもちろん、エーブの部下たちも含めてのことだった。

彼らは当然エーブから、ホロの正体を聞かされているだろう。尾行するにしても相当な距離を取っているはずなので、ロレンスたちが寄り道をしたとしても明日の朝までに元の道に戻ってくれれば、ばれる心配はおそらくない。

「俺たちが最も考えるべきだったのは、エーブの思惑じゃない。そのもっと前の前提で、ケルーベは本当にカーランの邪魔をしているのか、ということだったんだ」

ホロが速度を上げ、ロレンスは自分が風の一部になっていくのを感じる。

周囲の景色が溶け、確かなのはホロの毛皮の温かさと、その力強い息遣いだけになる。

それでもロレンスは、お構いなしに言葉を続ける。

「エーブの話はすべて、ケルーベが敵であることを前提にしていた。まるで疑う必要もない、確定した事実のようにな。もちろん、ケルーベがカーランの行動を容認するというのは確かに考えづらいから、ふたつの町の間で揉めごとがあるのは間違いない。それにしても、その中身が全然違う可能性は十分にある」

ホロの足がいよいよ速くなり、たとえ旅人が遠くから見かけたとしても、砂埃が狼に見えたとしか思わないだろう。

「エーブがケルーベと直接交渉していないのは、妨害を警戒したり、牽制しているからではないかもしれない。ケルーベもまた、エーブを前にして弱い立場で困っているかもしれないんだ」

ケルーベが実力行使に出ず、マチアスが今も無事な理由は、これしかない気がした。

ケルーベについての情報は、すべて人伝に聞いたものだった。ロレンス自身、イッカクを巡る騒ぎの時にケルーベの者たちがどれほど利己的で冷徹だったかを知っているので、エーブから細かく説明されずとも事情はわかる、と思いがちだった。なにより、エーブがどんな目に遭っていたかを、おそらくあの町の誰よりも知っているのだから。

重要なのは、エーブがそのことも含めてすべてを知っている、ということだ。しかもあの酒場での邂逅から、ロレンスが昔となんら変わっていないこともわかっただろう。

間抜けな羊が、マチアスからの話で早合点して、大股に歩いてやってきた。

ならばその両肩に手を置いて、ちょっと向きを変えてやるだけで、望む方向に歩かせられると思ったはずだ。

『わっちの耳は嘘を聞き漏らさぬ。じゃが』

ホロの背中の上でロレンスが腹ばいになっていると、声が直接背中から響いてくる。ロレンスはその直後に胃が冷たくなり、浮遊感に腰が抜けそうになった。

ホロが丘から丘に飛び、坂道を雨より早く下っているのだ。

『語らぬことまで聞けるわけではありんせん。ぬしの早とちり、早合点を時には見逃してしまうようにのう』

そこには皮肉やあてこすりより、自戒の響きのほうが色濃くあった。

「でも、こうして挽回できるのも、お前のおかげだ」

エーブもよもや、ロレンスが勝手にケルーベに行くとは思っていないだろう。

ケルーベ相手にはいかにも微妙で危険な交渉が予想されるのだし、ロレンスが大儲けに目を輝かせて独断専行するような感じではない、というのも酒場での話からわかっている。

ならばエーブには、できてしまうのだ。

森の向こうのざわめきを、狼の群れだと羊に思い込ませることくらいは。

『じゃが、ぬしが穴にはまるその理由が、毎回わっちのせいならば、それをわっちが助けるのを挽回と言ってよいのか、やや迷うがのう』

元々はホロがマイヤーの森の匂いと、蜂蜜酒に釣られて巻き込まれた話だった。そしてホロが釣られればもれなくロレンスもついてきて、俺に任せろと喚き出しては、穴に落ちる。

「良い組み合わせな気もするよ」

ロレンスが屈託なく言うと、ホロの四つ足が地面を摑む以外の振動が、ロレンスに伝わってきた。

『わっちも十分、たわけておる』

なんだかんだ言いながら、ホロもこんな毎日を楽しんでいるようなのだから。

「それにケルーベに赴いたら、エーブの言い分が全部正しかった、なんてこともありえるからな。そこは怒らないでくれよ」

『その時はその時じゃ』

大した起伏でもないのに、ホロがことさら大きく飛び上がる。

「全部楽しい旅の思い出だって⁉」

ホロの背中の上でロレンスは叫ぶように言い、ホロは答える代わりに大地を強く蹴り、まさに飛ぶように走ったのだった。

第五幕

およそ十年ぶりのケルーベは、当時に輪をかけて賑やかな町になっていた。特に当時はさびれていた町の北側部分が着実に発展し、おかげで町の南北に挟まれた河口付近はお祭り騒ぎのようだった。

河口に映り込む居酒屋の松明と、あちこちから聞こえてくる楽師たちの調べ。ホロの手綱を解いて放ったら、きっと一晩中帰ってこないだろう。

けれどカーランから力いっぱい走り続けて満足したのか、尻尾と髪の毛を若干ぼさつかせたホロは、水っぽい葡萄酒を一杯所望しただけで、あとは心地よい秋の潮風に吹かれるのを楽しんでいた。

「……これは、これは」

そんなホロを連れたロレンスが、ケルーベにあるローエン商業組合の商館を尋ねると、年季の入った商人たちと卓を囲んでいたキーマンが目を丸くしていた。

「他人の空似では……ありませんよね？」

夜も更け、真面目な商人ならば明日に備えて宿に帰ろうかという時刻。そこに唐突に現れたのがとてつもなく遠い山の奥にいるはずの知人となれば、歴戦の商人であるはずのキーマンが動揺しても無理はない。

「急ぎの用事がありまして」

ロレンスがにこやかに答えると、キーマンは徐々に我を取り戻したようで、すぐに奥の部屋に通してくれた。

　時刻が時刻なので、商館の隅で眠り込んでいたのだろう小僧が、寝ぼけ眼で来客用に持ってきた酒を受け取るや否や、キーマンは言った。

「またなにか薄明の枢機卿絡みでしょうか？」

「また？」

　ロレンスが尋ね返すと、キーマンは目をぱちぱちさせる。

「お聞きになってはいませんか。ちょっと前にあのお二方がここにきたのです。まったく唐突に、奇妙な話を持って」

　コルたちからの手紙でなにか見落としていたかとロレンスはホロを見やるが、ホロも首を傾げるばかりだ。

　キーマンはそんなロレンスたちの様子に、訳知り顔にうなずいている。

「彼らの冒険の中では、逐一書くようなことではないのかもしれませんね。この近辺ではしばらくもちきりの話題でしたけど。薄明の枢機卿が幽霊船を天の御国に連れていったと」

　幽霊船、という話は確かに興奮気味の筆致でミューリが手紙の中で語っていた。

　けれどキーマンのことは出てこなかったし、天の御国に連れていった？

　一体あの二人は、書かれていない手紙の向こうでどんな冒険をしているのだろうか。

　ロレンスが唸っていると、キーマンはやや笑いながら乾杯して、話の流れを変えた。

「ところで、ロレンスさんもまた急ぎの用だとか」

「っ失礼。いかにもそうです。こんな時間にすみません」

キーマンは微笑み、ホロは酒をすんすんと嗅いで、エーブのところのほうが質が良かったなみたいな顔をしている。

「カーランで、エーブさんの名代を務めることになりそうな流れなんです」

魔女が石化の魔法をかけたなら、人はこんなふうになるのだろうというくらい、キーマンの体がこわばった。

「……なるほど、急ぎの用事に相応しいですね」

ようやく言葉を吐き出すと、キーマンの目が忌々しそうに光る。しかし口元は、笑みの形に吊り上がっていく。

「あの女狐め……ダメ押しにロレンスさんを利用するわけですか」

酒を啜っていたホロが、ちらりと見てきたことにロレンスは気がついた。

当たり、ということだろう。

「ケルーベは自らの商いを守るため、カーランの発展を邪魔しようと暗躍している」

ロレンスが吟遊詩人の語り出しのように呟くと、キーマンは胸がはち切れそうなほど大きく息を吸って、巨大なため息として吐き出した。

「我々がどれだけ、その話で苦労していることか」

蠟燭の灯りのせいかと思っていたが、キーマンはやや痩せたように見える。

けれどそれは、心労なのかもしれない。

「ロレンスさんはどのようなかたちでカーランの話に？　そもそもあの女狐の味方についているようなのに、なぜわざわざ私のところに？」

この会合がすでにエーブの作戦の一環なのでは、とまでは言わなかったが、純粋な疑問とあわせ、信用してよいのかわからないという迷いが見える。

ロレンスは「ややこしいのですが」と切り出して、ニョッヒラを出てきた理由から話すと、キーマンもまたサロニアのくだりで驚いていた。

「あれはロレンスさんの話だったのですか！」

祭りで賑やかな時期だったので、風変わりな町の話は商人たちの口を通じてあちこちに広まっているのだろう。それにケルーべとしても、サロニアの木材がどうなるかは注視していたことなのかもしれない。

「私はトーネブルクの領主様や、森林監督官から、まずカーランの状況を聞きました。そしてカーランとケルーべとは長年に渡って確執があるようでしたし、おそらくトーネブルクの領主様も、あまりこちらの町とは良い関係を築いていないようでした」

あまり、というのは配慮しての物言いだ。

キーマンは驚きが収まるのと入れ替わりに、ロレンスの話が染み込んでいくようだった。

「トーネブルクの領主は我々のことを、生き血を啜る蛭かなにかだと思っているでしょう」

「トーネブルクの領主様は、すべてこちらの町の商会から借りているんですか？」

見栄を張って、カーランからは借りていない、と言った可能性もわずかにある。

そして誰が誰に借りを作っているかは、こういう局面では大事なことだ。

「古い時代からの借金ですからね。近隣だとこの町以外に借りられる先もありません。なにより、あの領主がカーランに借金をしていたのなら、カーランと共に森を切り開くというような決断もしていないはずですよ」

最後のところがわからないでいると、隣でホロが皮肉っぽく笑った。

「ああ見えて、きちんと偉い奴なんじゃのう」

偉い、というのが褒め言葉でないことはすぐにわかった。

「……対等な立場ではない、引け目？」

「引け目からくる反発心とでも言いましょうか。平民どもになぜ私が気後れしなければならないのだと」

マチアスはロレンスに対して随分鷹揚だったが、あれはロレンスになんの負い目もないからだ。代々借金をし、屈辱的な関係にある相手ではそうもいかないのだろう。

「我々に相談してくれれば、借金でも教会がらみの問題でも、いくらでも相談に乗りますよ。なにせあの森の木材は貴重なのですから。けれどそんなふうに値踏みされるのが嫌で、立場的には対等か、木材を盾にすれば上にも立てるカーランの計画に乗っかった。そうすれば誰もがあのご仁を重要人物として扱いますからね。ぱっとしない領主には耐えられない誘惑でしょう」

キーマンは肩をすくめるが、ロレンスはかえって、マチアスが長年置かれ続けている状況に胸を痛める。それくらいに感じの良い人だったからだし、いつでも金貨に変わりうる森を維持するというのは、相当な自制心が必要とされるはずなのだから。

「カーランが我々に敵愾心を抱いているのは……まあ、正しいところもあります。交易では仕入れ先で我々の商人団とかち合うこともありますし、この近隣一帯の商品の流れは我々に有利です。向こうは税を大幅に下げるようなことで、その流れを変えようとしていますが」

キーマンの話をどれだけ鵜呑みにしていいかはわからないが、カーランとケルーベの関係はまさにロレンスのたとえ話に近いものなのかもしれない。

店に迷い込んだ牛。

ケルーベは確かにカーランを傷つけているかもしれないが、そこに悪意などない。単に図体が大きすぎるからであって、店の棚の壺に恨みがあるわけではないのだ。

「土地が変われば物の見方はがらりと変わる。行商人のロレンスさんならば、ご存知でしょう」

しかし火を起こすのにも手間取るようになっていて、その基本的なことさえ忘れていた。

咳払いを挟み、ロレンスは言った。

「ええと、私はエーブさんが本当はどんな絵図を描いているのか確かめるべく、ここにきました。そしてどうやら、私は舞台裏を見せてもらっていなかったようです。けれど私たちの感じでは、エーブさんも昔のようにあくどい感じではなさそうで、そこがよくわからないのです」

特に、このケルーベについてだけは、どうしてもわからなかった。

エーブはどうやって、ケルーベの首根っこを摑んで押さえつけているのだろうか。

ロレンスの言葉に、キーマンは滅相もないとばかりに目と口を細めた。

「あの女狐のあくどさには、磨きがかかってますよ」

隣のホロもちょっと息を吞んだのが、ロレンスにはわかった。

「厄介なことに、正攻法で首を絞めてくるようになってますからね」

ロレンスはもう一度、ホロを見やる。今度はホロはロレンスのことを見ず、なにやらうす暗い好奇心に目を輝かせて、キーマンの言葉の続きを待っていた。

「あの女狐は、針の穴に糸を通すような計画を練ってまで、私に嫌がらせをしているんです」

「というと？」

キーマンは、その乱れ気味の前髪を手で撫でつけた。

「羊毛です。羊毛で、我々の首を絞めようとしているんですよ」

話の続きをする前に、キーマンは場所を変えようと言い出した。

自分がなにを語ってもエーブの話と天秤にかけられそうだから、事実を見たほうが早いと。

そういうわけで、ロレンスとホロはキーマンと共に夜のケルーべを歩いていたのだが、こんな時間でもちょくちょく人とすれ違い、少なからぬ者がキーマンに挨拶し、見回りの兵たちは敬礼していた。

そんなキーマンに連れられてたどり着いたのは、町の港に近い場所だった。

「ここは？」

「羊毛取引所です」

まあまあ高い煉瓦の壁が続き、暗闇の向こうに消えている。かなり広い場所で、壁があるのは商品を保管するところでもあるからだろう。夜警にキーマンが声をかけ、通用の木戸を開けて中に入ると、やや窮屈な町の中とは思えないほど、がらんとした広場が広がっていた。

「例年の今頃は、夏の間に刈られた羊毛がひっきりなしに町に運び込まれ、大雪が積もったみたいになるんですけどね」

ホロはすんすんと鼻を鳴らし、どこか寒々しそうに首をすくめてから、ロレンスの側に寄ってくる。カーランから走ってきたので、かいた汗が冷えたのかもしれない。

「あの女狐のせいでご覧の有様です」

「羊毛が手に入らない？」

「ええ。あいつはどんな目利きを抱えているのか、羊毛の商いで群を抜いていましてね。それが今や薄明の枢機卿の御用商人みたいな地位まで手に入れてます。だから王国から輸出される羊毛の采配に、大きな影響を持っているんですよ。こちらの大陸側の羊毛商人の間では、あいつの機嫌を損ねると町の人間が風邪をひくなんて言われています」

そして今、エーブは羊毛の代価になにを求めていたか。

「女狐は、羊毛が欲しければうちから輸出する木材価格を安くしろと言っているのです」

ロレンスの顔が、笑おうとしたまま引きつってしまう。

エーブはカーランの味方になって、ケルーベと対抗していたのではない。

ケルーベの影をちらつかせてカーランを焚きつける一方、カーランを盛り立てる計画によってケルーベをも脅していたのだ。

「競争相手ができれば、安くせざるをえない……」

ホロが日々お高くとまりがちなのも、ロレンスの関心を独占できているから。

そのロレンスは、町中では珍しく広い夜空を見上げてから、言った。

「ただこれだけだと、よくある商いの駆け引きにも思えます……が」

最後にやや譲歩をつけたのは、もちろんそうではないだろうとキーマンを見て思うからだ。

「うちがなぜ羊毛にこだわるか。いや、なんならレノスから仕入れている木材を、王国に安くしてでも売らざるをえないか、を聞きたいのですよね？」

「そう、ですね。木材はどうやら、今や森の黄金のようですから」

誰も彼もが欲しがっている。それこそエーブが策を弄するほどに。

「確かに木材を売るだけなら、どこに売ったってかまいません。けれどロレンスさんのおっしやるとおり、我々には事情がある」

ここは海沿いの港町で、ひとつの売りつけ先が気に食わなくなったら、船で別の街に木材を曳航していけば済む話だ。内陸の町、たとえばレノスがそういうことをできないのは、重い木材を陸地で引きずって運ぶのは現実的ではないから。

しかしこのケルーベには、仕入れた木材を王国に売らざるをえない理由がある。それは多分、対価として支払われる羊毛に原因があるのだろう。

「なにか商い以外の理由で、羊毛を手に入れる必要があると？」

やっぱりこの季節の海沿いの夜風は寒いようで、ホロが自身の両肩を抱いている。ロレンスは上着を脱いで、ホロに着せてやった。

「羊毛は人々の懐を温めるのに必要なのです」

ぶかぶかのロレンスの上着を着せてもらったホロを、見るともなしに見ていたキーマンがそう言った。

「ケルーベは町の人々の長年の頑張りによって、さらには私が率いるローエン商業組合の活躍もあり、実に大きくなりました。ただ、昨今はいささか大きくなりすぎましてね」

羊毛取引所の広場を見渡すキーマンは、昔のようにぎらついた商人というふうではなかった。

「町全体がうまくいっていても、なんらかの理由で困窮している人たちは一定数います。いろんなところから流れ着く人もいますし」

カーランと違い、ここは交通の要所だ。

「羊毛でそやつらの暖を取るのかや？」

ホロの問いに、キーマンは優しく微笑んでいた。

「似たようなものです。この町で困窮した者たちは、ひとまずここにきて扉を叩けば、一抱えの羊毛を渡されます」

ロレンスはようやく気がついた。

「糸紡ぎ」

キーマンはうなずき、ホロが不思議そうに見上げてくる。

「糸紡ぎは手間賃こそ低いですが、誰にでもできる仕事です。読み書きができずとも、言葉さえ通じなくても、その日からすぐにできます」

原毛を小分けにし、爪のついたブラシのようなものでひっかき、その向きをそろえたらあとは手でよじって糸にしていく。作業を効率よく進める道具や、慣れ不慣れはあるものの、羊毛を梳くブラシと座れる場所さえあれば、誰にでもできることだ。

「お前がやった、麦をかき混ぜる仕事みたいなものだよ」

ロレンスが言うと、ホロはようやく理解していた。

交易品として入ってきた麦は倉庫に保管されるが、そのままにしておくと湿気でかびてしまうらしい。それを防ぐために麦をかき混ぜる必要があるのだが、その仕事は町の女たちが独占していた。力がなくても、頼れる者がいなくても、誰にでもすぐにできるから、困った立場に陥りやすい者たちのために確保されている仕事なのだ。

「売り物としても、糸にしたほうが利率が良くなりますから、全員が得をするわけです」

ロレンスはその話に、疲れたように肩の力を抜く。

エーブは確かに正攻法で攻めているにすぎないが、要はケルーベの足元を見て、木材の値下げを迫っているわけだ。羊毛の対価としての木材は、カーランから仕入れてもいいんだぞ、という言葉を添えて。

それに、ロレンスはもうひとつ気がついたことがある。

「もしかしてこちらの町も、信仰的な避難民を受け入れる予定なのでは？」

来週頃には新しい商品が入りますかね、と聞かれた時の商店主のように、キーマンは微笑んでいた。

「もちろん。我らは薄明の枢機卿の味方ですから」

エーブはまったく、エーブだった。

ひとつひとつは正しく、商いの論理に則ったり、コルたちのために働いていたりすることなのに、すべてを組み上げた絵図は、なにもかもがエーブの有利になっている。

「私は今……商いの奥深さを実感していますよ」

悪辣になる必要などないのだ。エーブのように機を見て敏に動ける知恵があるのならば、正しいことだけを材料にすればよいのだから。

では狼の後塵を拝している羊であるところの自分たちは、一体どうすべきか。

ロレンスは、道を確かめるように言った。

「私はエーブさんの計画を進めるため、最後の最後で二の足を踏んでいるトーネブルクの領主様を説得しようと、トーネブルクに向かう途中でした。そこで進路を変え、こっそりここにきています」

「なるほど。今すぐにでもあなたを縄で縛り上げたいところです」

冗談めかしているが、いくらかは本気だろう。

「エーブさんが後ろ暗いことをしているのならば、トーネブルクの領主様のため、この計画は破談にすべきかもとさえ思って、確かめにきたのですが」

エーブは貪欲だったが、悪ではない。

けれども正義とも言い難く、ロレンスは少し迷っていた。

「あの女狐が儲けを独占するのを、私は許せませんが」

それはエーブを商売敵として意識しているらしい、キーマンの私情ともとれるが、現実的な意味も持っている。

なぜなら、儲けというのは限られていて、今のところその儲けのすべての源泉は木材である。

そしてその木材を切り出されるのはトーネブルクの森なのだから、森を守りたければ畢竟、エーブの儲けを削るのが手っ取り早いという話になる。

「しかしロレンスさんの目的はなんです？　私が考えるに……ロレンスさんが立ち回ったところで、大きな儲けに与れるようには見えません。薄明の枢機卿の活動を陰ながら後押ししたいのであれば、関わろうと関わるまいと、結果は同じですし」

いずれにせよ避難民はカーランやケルーべに居場所を見つけられる。彼らをきちんと遇せるかどうかは、その町がそれぞれの責任で知恵を絞るべきことだ。

ロレンスはもちろんホロのため、トーネブルクの森を守る、というのが第一義だったが、それをキーマンに言ってもホロの正体を知らないキーマンには伝わらないだろう。

もしもエーブの儲けを削ろうと思うのなら、キーマンとの協力は必須である。

そこでロレンスは、キーマンの信頼を勝ち取るため、いささかの策に頼った。

「私も知らなかったのですが、森の真価とはその下草にあり、家畜たちを太らせるための餌にあるのだとか」

キーマンは少し眉を上げ、ロレンスを見やる。

「市場に並ぶことすらない交易品だそうです。麦畑の収穫は家畜の糞の量にかかっていて、トーネブルクの森が荒れてしまえば、驚くほど広範囲の麦畑の収穫に影響すると」

どこの市場もなんらかのかたちで繋がっていて、どこかの市場で値が変化すれば、波が届くように波及する。ケルーベはトーネブルクの森からはやや距離があり、ここが頼りにしている麦畑も、サロニア周辺とは異なる地域のものだろう。しかしサロニア近辺の麦畑が不作になるのなら、もちろんケルーベも影響は免れない。

このことを下敷きとして、言った。

「それに、サロニアでの話を聞きませんでしたか？」

「サロニアの？」

「私は教会のため、木材商人たちの関税引き下げを阻止しました。そのご褒美が、麦畑の貢納特権です」

もちろんそれは、両手を広げた程度の土地だけの、儀礼的なものだった。

しかし事実は事実であり、おそらくキーマンはそんな話の断片をすでに耳にしていたのだろう。深くうなずいていた。

キーマンの視界には、麦畑の権益を守ろうとする、ロレンスの損得が見えていたはずだ。

「ですから本当は、麦畑に影響が出るようなことのために、トーネブルクの領主様を説得したくはないのです。けれども現状トーネブルクは、借金と異端疑惑のために、領地そのものの存続が危うくなりかけているようです。今回のことは、すべてを失うよりはましだとの判断でしょう」

キーマンはロレンスの説明に、肩をすくめるように納得していた。

ロレンスは畳みかけるように言葉を繋ぐ。

「私はエーブさんから計画のあらましを聞き、後発の港町のために苦労しているカーランが、トーネブルクの領主様と一緒に起死回生の策を練っているのだと思いました。その相手方が、たまたまエーブさんだったと」

「そして我々ケルーベは、そこで悪役であると」

ロレンスはうなずく。

「ですがケルーベの悪い影は、どうやらカーランとトーネブルクの領主様を脅かして、結束させるためのもののようです」

商売敵としてのケルーベという話が、根も葉もないことではないのが要点だ。エーブは無理をせず、やんわりとした懸念を告げるだけで、ケルーベを貪欲な狼として描き、哀れな子豚たちを震え上がらせることができる。

「我々としては」

キーマンは歴戦の商人らしく、話しながら考える性格らしい。

そう切り出してやや間を開けてから、言葉を続けた。

「あの女狐の一方的な要求をどうにか退けたい。あいつはここぞとばかりに絶好の特等席に座り込み、あっちこっちに感謝されながら、暴利も貪ろうとしています」

エーブの計画が成就したところを想像すればいい。カーランは商いを拡大でき、マチアスは借金を返済するめどをつけたうえに薄明の枢機卿陣営の庇護も受けられて、信仰の問題まで片付いてしまう。さらにコルたちにとっても、自分たちの運動のせいで困難に直面している人たちを、エーブの働きのおかげで助けられる。なぜならエーブの手に入れる木材は、彼らの新しく住む家となり、暖を取る薪となり、彼らを王国に輸送する船舶となるのだから。

一方のケルーベは、要求どおり木材価格を下げることさえ受け入れれば、貧しい者たちの仕事を確保するため、これまでどおり羊毛を無事手に入れられる。

損得の話だとケルーベだけ一人負けのようにも見えるが、カーランもトーネブルクも実態はあまり変わらない。

カーランは大きくなろうとしてはいるが、今はまだこじんまりした港町にすぎない。そんなに多くの避難民を受け入れて養えるかもわからないのに、町が発展することを前提に、避難民を受け入れようとしている。しかも関税をなくすという無茶なことまでやりながら。トーネブルクももちろん、森が消えてしまうかもしれない危険を背負い、鍛冶場や炭焼きまでやる覚悟で、木材の売却に動くと決断した。彼らは彼らで、ケルーベとは違う危険を背負っている。

一人エーブだけが、なんの賭けもせず、危険を背負わず、自身の手駒である羊毛を木材と交換し、コルたちのために一肌脱いだという実績まで得ることができる。

　もちろん、なんの不正もなく。

　まるでとても良い商人のように。

「じゃがぬしよ」

　と、ホロがロレンスの上着の匂いを嗅ぐようにかき抱きながら言った。

「あやつの絵図を、完全に足蹴にできるものかや。確かに不公平かもしれぬが、それで助かる者たちもおるじゃろう？　わっちは、あえて絵図を破り捨てるほどの理由がないと思いんす」

　エーブは誰かを陥れようとしているのではない。カーランもトーネブルクもケルーベも、それに故郷にいられなくなった難民たちも、すべて一応はこの計画から利益を得ることができる。

　ただ、エーブの座る席があまりにも特等席で、なにか不公平感がある。

　そしてロレンスは、その不公平感を言葉にする術を持っている。

「商いの大原則」

「む？」

「儲けは危険の対価であるべきだ。エーブはその点、参加者の誰よりも安全なうえに、儲けを得すぎている。譲歩はあってしかるべきだと思う」

「私も負けを認めるようで嫌ですが、あの女狐が儲けを適切に吐き出せば、全員がずいぶん楽になるはずです」

たとえばトーネブルクが最も顕著だろう。エーブが羊毛の値段を下げてくれれば、差し出す木材は少なくなり、森への影響も少なくなる。カーランは安く仕入れた羊毛でより大きく儲けを得られれば、町に受け入れる難民たちのための資金を確保しやすくなる。それはケルーベも同様で、木材価格の辛辣な値切りを回避できれば、それだけ多くの羊毛を確保できて、このがらんとした羊毛取引所をいっぱいにできる。

「なので唯一、エーブさんを責められそうな点があるとすれば……」

ロレンスはケルーベで目の当たりにした様子を新たに頭の中の地図に描き加えながら、エーブの歩いてきた道を検分する。

「エーブさんが、コルたちと繋がっているところ」

それは非常に強力なエーブの武器である。背後に薄明の枢機卿の姿が見え隠れするだけで、周りが勝手にエーブの都合よく動いてくれるのだから。

けれどそれは、世の中から絶大なる共感を得ているらしい薄明の枢機卿の、その清廉なる思想に準じる責任を背負うことでもある。

「儲けを得すぎている、というところを指摘してどうにかできませんかね。特にケルーベの参事会でしたら、ウィンフィール王国にもある程度の影響をお持ちでしょう？」

ロレンスの言葉に、キーマンは渋い顔をする。

「それがまた厄介でしてね。今や薄明の枢機卿の勢いに乗れれば、利益は後からついてきます。

といいますか、今や王国の産品をあえて高値で買うことさえ、珍しくないんですよ」

「え？」

「薄明の枢機卿のお膝元である、ウィンフィール王国の商品を買うことは、強欲な教会を懲らしめる運動を手助けすることを意味しているのです。ある種の寄付ですね。世の中に良いことをしていると示すための象徴になっていて、引く手あまたなんです」

コルたちが意図していることではなかろうが、世の中がいかに浅はかかは、ロレンスもある程度知っている。なにより商人とは、そういうところから利益を汲み出す者たちのことだ。

エーブはそのあたりの民衆の心理まできっちり把握して、巧みに立場を利用しているのだ。

「この町の市政参事会も、女狐との対立を望んでいません。私がどれだけあの女狐のやり口に憤慨し、また現実に羊毛が枯渇しているせいで困窮している者たちへの手当てが滞ろうとも、市政参事会の連中は肩をすくめるばかりです。なんならイッカクを巡る騒ぎの時のしこりを、この際解消しておこうではないかと言わんばかりです」

エーブがまさかここまで大物になるとは、誰も予想していなかった。当時のエーブは町の北側の貴族たちがいいように扱う駒のひとつにすぎず、かつての振る舞いに覚えがある者たちは、生きた心地がしないだろう。

その一方で、ロレンスはキーマンの口ぶりから、少し意外な事実に思いいたる。

「参事会では、キーマンさんが町の貧困対策を？」

ロレンスの問いに、キーマンはしもやけを触られたのを強がって我慢する子供みたいな、複雑な笑みを見せた。

「私なりにイッカクの時の騒ぎを調べ、次はもっとうまくやってみせると誓いましたが、その時に物乞いたちが持つ情報網の重要性を理解しましてね」

ロレンスが理解するのに、数拍の間があった。

確かコルが放浪学生のふりをして、町の物乞いたちから貴重な情報を集めてきた。

「彼らともっと繋がりを得ておくべきだったと、最初は損得づくの考えでしたが」

関わるうちに彼らの事情を理解し、放っておけず、柄にもなく彼らの助けを、というところだろうか。

エーブもそうだが、怜悧で情に薄い商人として見られたがる彼らの気性は、商人という立場から一歩身を引いているロレンスには妙に微笑ましく見える。

キーマンがエーブのやり口に憤慨するのも、似た者同士だからなのかもしれない。

「キーマンさんが悪だったら、あるいはエーブさんが悪辣な計画を練っていると判明すれば、私も気が楽だったのですが」

ロレンスの言葉に、キーマンはついに笑い出していた。

「同意しますね。けれどあの女狐の計画に巻き込まれている者たちは、誰も彼もが自分に必要なことをしようとしているだけです。そこをいいように操られ、あいつの絵図の一部にされてしまっている」

多分、カーランが今まで町を発展させられなかったあれこれでさえ、川の関所を管理する領主たちや、道を整備する土地の者たちの言い分を考慮すれば、そこにはまあまあ納得できてしまう理由が敷き詰められているはずだ。

「ですから……あの女狐の目論見に乗らざるをえない結果になったとして、私からロレンスさんにお願いできることがあるとすれば」

キーマンは言葉を切り、軽い口調で続けた。

「コル青年にかけ合って、レノスからやってくる毛皮を身に纏えば世の悪しき信仰から身を守るのに最適だとかなんとか、言ってもらえませんかね」

レノスの町からロエフ川を下って、木材と毛皮がこのケルーベにやってくる。

もしも毛皮の価値が上がるのならば、その上がった分で、値下げを迫られた木材の分を埋め合わせるための羊毛を買い取れる。

しかし、信仰で金儲けというのは、コルが教会と戦う最大の理由でもある。

「……うちの湯屋が経営難に陥った時のために、その案は取っておかねばなりません」

キーマンは喉を鳴らすように笑っている。

ロレンスは、そんなキーマンに向けて言った。

「私たちの関心はトーネブルクの森です。あの森を切り開いたとして、本当にカーランが計画しているような商いの盛り上がりが、一時的なものではなく期待できるものですか？」

　この問いは、ケルーベがカーランの計画を潰そうとしているのならば、まともな答えを期待できるものではなかった。

　けれどケルーベとキーマンの事情を踏まえた今ならば、意味のある答えが期待できるはずだ。

「人をやって集めさせた情報では、確か、森に道をつくり、鍛冶場と炭焼き小屋をつくり、だった気がしますが」

「ええ」

　キーマンは商人としての鋭い目を羊毛取引所の暗闇に向け、答える。

「切り出した木材の分は儲かるでしょう。けれど南に向かって道を通して一体なんになると？　その先にあるのは我々ケルーベの商圏ですよ。競争力のある商品といえば、女狐経由で手に入れる羊毛だけでしょう。ケルーベとカーランは似た町です。同じパンとパンを交換しても、腹が余計に膨れるわけではありません」

　直後、ホロがくしゃみのように吹き出していた。

　ロレンスとまったく同じ喩えを使ったのが面白かったのだろう。多分ロレンス自身、この喩えを古巣の商業組合のどこかの商館で、仲間たちから耳にしたのだ。

「結局そうなりますよね」

「ええ、商いの道理です」

するとやはりあくまでも木材の切り出しに頼らなければならないとすれば、ターニャの力をこっそり借りても、トーネブルクの森を持続させられるものかどうか。

そもそも道を通すこと自体が、森の性質を大きく変えてしまうとホロは言っていた。

炭焼き小屋で炭を作り、鍛冶場でそれを燃料にし、さらには木材を運び出してカーラン経由で王国に売るという儲けは、すべて森の木材が土台になっていて、切り開かれた道が追加の利益を生み出すとはキーマンも考えていない。

しかもそれは、ことさらケルーベがカーランの商いを邪魔するとかいうものですらない。流通する商品が似通っているために、あえてカーランを利用する理由が特にない、という商人たちの自然な判断によるものなのだ。

ケルーベが邪悪ならば、まだどうにかできた。けれど邪魔すらしていないのであれば、どうしようもない。

「理屈から言えば、我々は森を適度に利用し、カーランは商いを拡大させ、もちろんケルーベも今までどおり羊毛を手に入れられるはずなんですよね」

ロレンスは、永遠に上り続けられる階段の絵を見せられているような気持ちで、言った。

「はい。悪魔のように一人勝ちする女狐の儲けを減らせれば、木材の販売も減らして森を守ることができ、同じ話がカーランと、我がケルーベにも敷衍できます」

けれどその方法が見つからない。エーブは正しいことだけを積み上げているからだ。

数少ない希望といえば、ここに集う負け犬同士、手を組めそうなことだろう。

「とはいえあれこれ考えても、結局、商いの道理が立ちはだかりますね……」

「ロレンスさんにしては弱気な。サロニアで見せた活躍は？」

やや意地悪な物言いは、昔のキーマンを思わせる。

「あれは私の知恵というより、私がよそ者だったからこそ気がつけたという意味合いのほうが強いです」

うなずくキーマンに、ロレンスは言葉を続けた。

「エーブさんがコルたちとの繋がりを用いているのは、とりあえずこの際無視します。積極的にあくどく用いているならば、コルに直接連絡してやめさせることもできますが……間接的に、なんなら相手が勝手にありがたがるように、上手に使っているようですから」

キーマンが忌々しそうにうなずいて言う。

「こちら側に、羊毛に対抗できる商品がなにかあればいいのですが」

結局、そこの弱みに付け込まれているのだ。しかしエーブはまっとうな取引を巧妙に組み上げているのだから、こちらもまっとうに対抗すれば拒否はできまい。

とはいえ木材に匹敵する商品となると、コルの名声を利用してありがたいお墨付きを得た毛皮くらいしかぱっと思いつかなかった。しかもこれは、エーブでさえ手を出していない、太陽に顔向けできない方法になる。

「ぬしよ、なにかないのかや」

今日の晩飯はこれだけかや？　というのに近い物言いだが、それはホロの素直な期待と思っておく。しかしロレンスはちょっと幸運なところこそあるだろうが、基本的には普通の商人であって、今はその商人ですらない。

「ここでぽんと思いつけるようであれば、俺はあっという間に大商人なんだが」

間違いなくキーマンは頭をひねった後だろうし、カーランだって、あるいはマチアスだってそうではないのか。多くの土地の人間が考えた後にすべてを出し抜けるほど、ロレンスは自分のことを特別だと思ってはいない。

「ううむ……じゃが、なんとも歯がゆいのう」

ホロの気持ちもわかる。なにも間違っていないのに、なにか大きく間違っているような感じがするからだ。

「そうじゃ！　わっちらが思っておったほど、町同士の仲が悪くないというんじゃ。ならばあの森の家の借金とやらは、こやつの力でどうにかできるのではないかや。そうすれば、あの森の木を売らずともよかろう？　すると木材はこの町から買わねばならぬから、ここに羊の毛が満ちることになる。万事解決ではないかや」

ホロがキーマンとその周辺を指さすと、キーマンは肩をすくめるばかり。ロレンスが代わりに言った。

「それで問題が解決するのはトーネブルクとケルーベだけで、今度はカーランが取り残されることになる。商いを大きくするためのとっかかりである木材を失い、羊毛が手に入らなくなるんだから。まあ、彼らまで助ける義理はないと言えば、そうかもしれないが……」

しかしロレンスは、酒場の賑やかさを思い出す。あそこにあったのは呆れるほどの前向きさであり、かつて行商人だったロレンスの心を震わせるものだった。

それにトーネブルクが森を切り開かないと、その普請を目当てにカーランにやってくる避難民たちが路頭に迷う。

「む～……」

ホロは今にも地団太を踏みそうだ。

あちらを立てればこちらが立たず。登場しているカーラン、トーネブルク、ケルーベは、どれかふたつを助けると、必ず残りひとつが沈んでしまう。

この同じ材料で、奇跡のように大伽藍を組み立てられたエーブだからこそ、その屋根の上で葡萄酒片手に高笑いができるのだ。

そこに、キーマンが言った。

「商館に戻りましょうか。時間はあまり残されていないようですが、ここよりかは頭を働かせられるでしょう」

ホロは怒りで寒さを忘れているかもしれないが、秋の夜風で風邪をひくかもしれない。

「あの女狐にロレンスさんの行動がばれるまで、どのくらいの猶予がありますか」

ロレンスはマチアスを説得しにいくという口実でカーランを出て、ここにきている。

「明日の……夜明け前にはここを出ませんと」

キーマンはうなずき、前髪を強く撫でつけた。

「昔はしょっちゅう、夜通しで商いの計画を練ったものです」

誰が悪いわけでもないこの状況。

けれどエーブの高笑いが響く中、唯々諾々と従うのも、確かに癪だ。

「前回とは逆の組み合わせですね」

キーマンの言葉に、「今回は穏便に」と返す。

商人らしく皮肉っぽく笑い合う男二人を前に、いまいち中に入れていないホロが一人、不服そうにしていたのだった。

小僧がせっせと運び込んでくるのは、近隣の地図と、商館として把握している商いの契約書の数々だ。細かいものも含めれば膨大な数の商品がやり取りされ、その小さな流れが束ねられて、大きな商いの流れとなっている。

キーマンはエーブの思惑を前に、どうにか絡め取られないよう知恵を絞っていたが、うまくいかなかったらしい。けれど今はロレンスが現れ、のんびりしていた市場の商いを急転させるのがいつだって旅人のもたらす新しい情報なのだとしたら、突破口がないと諦めるのは早い。

「ウィンフィール王国がぜひとも必要とするものを、さっと用意できればいいんですよね」

「女狐も今回ばかりは、まっとうな取引の体裁を取り繕っていますから。絶対に木材を差し出さないと羊毛を売らない、という選択は取りにくいはずです」

今回のエーブの強みにして弱点は、清廉潔白な薄明の枢機卿の仲間だということだ。

エーブが悪辣なことをすれば、コルに泣きつくという手がとれる。

これはもちろん、ロレンス自身が悪辣な商人になるのなら、躊躇うことなくコルたちに命令し、好きなようにエーブの商いを邪魔できることも意味しているが、できるはずもない。

コルに対してはもちろん、一人娘のミューリからの冷たい視線を思ったら、想像するだけでロレンスは息苦しくなる。

「すでに検討しつくした後でしょうけれど、毛皮はだめなのですか？」

ケルーベには、レノスから川を下って木材と共に毛皮もやってくる。それに毛皮ならば、サロニアで知り合ったラーデン司教の村でも鹿猟が盛んだし、ターニャが復活させた山のこともあるから、調達の当てがある。さらにはトーネブルクの森で鹿を捕らえれば、木の芽の食害を減らすことに繋がり、針葉樹だらけの森になるのを防ぐ効果もある。一石二鳥だ。

「王国は薄明の枢機卿の本拠地です。奢侈品と見なされることが多い毛皮は実に売れゆきが悪いです」

「ああ、なるほど……」

そういえばカーランでも似たような話を聞いたばかりだった。香辛料を取り扱う南の商人たちが、それまで贅沢三昧の教会に売れなくなって、カーランのような小さな町にまで船を寄こしているらしい。カーランはそれを商機と奮闘していたが、コルたちの活動はまったくもって、あっちこっちに様々な影響を及ぼしているようだ。

「毛織物でしたら、まだ可能性はあるんですが」

「毛織物」

先ほどその契約書を見た気がして、ロレンスは書類の山を探した。

ただ、そこにあるのは原料となる羊毛の取引と、せいぜい糸の取引だった。毛織物にするには、そこからさらにいくつもの工程を経なければならない。

「海を渡って寄こされた原毛を糸に紡ぎ、すぐにそれをまた海の向こうに売る……というのは苦しいですよね」

糸紡ぎくらい、どこでもできる。

「せめて半仕上げの布にまでもっていければ、商品になるのですが」

ロレンスがその言葉にホロを見たのは、ケルーべまで力いっぱい走ってきたホロがうとうとしていて、体に毛布を掛けているからだ。

「機織りの職人が不足しているんですか？」

「どこの町も、羊毛ではなく布にして売れば利益率が跳ね上がるとわかっていますから、毛織物を生産したがります。しかしほとんどは糸紡ぎから先にいけません。羊毛の脂を落とすために必要な灰を用意できなかったり、縮絨や染色を行うための設備が用意できないのです」

羊毛が布になるまでは、いくつもの工程が必要になる。ロレンスが昔聞いたところによれば、羊毛を刈り取って服になり、それがお金になるまでに二年から三年かかることもざららしい。

「最も厄介なのは、水が足りないことですね。ウィンフィール王国が、羊毛を加工せずそのまま輸出していることも同じ原因ですが」

染色に水が関わるのはわかる。けれど縮絨と言われ、しばし頭の中の帳簿をめくる必要があった。

「縮絨……そうか、水車」

「この辺は麦畑が多いでしょう。大きめの川は船でいっぱいですし、小さな流れは粉挽き用の水車を置いたらそれでおしまいです。なにより麦畑に向いた広い土地というのは、元々勾配がありません。縮絨のために布をたゆみなく打つには、そういう川では力不足なんです」

ロレンスが見つけた書類でも、原毛や糸の輸出先は内陸部の山がちの方面が多い。

「けれど緩やかな川は、遡る際に労力がかからないことも意味しますから、ケルーベまで毛皮を売りにきた商人たちは、帰りに糸や原毛を積んで川を遡るわけです。そして上流の川の流れが強いところで糸を布にして、縮絨して仕上げついでに染色もして、また川を下らせます」

その都度たっぷりの関税を取られるし、運搬を担う者たちは手間賃を上乗せするし、利益はどんどん減っていくが、それでもそうしないとならない産業上の理由があるわけだ。

「ですからまあ、トーネブルクの森から黄金でも出てくれれば、話は早いんですが」

そうすればマチアスは木材の代わりに金をカーランに渡し、カーランはそれで羊毛を仕入れ、木材を消費せずに経済が回る一方、木材をカーランから手に入れられなくなったエーブは、今までどおりにケルーベで木材を仕入れることになる。

「むにゃ……イッカクでも、捕まえればよかろう……」

夢うつつに話を聞いていたらしいホロが、そんなことを言っていた。

「話としては、それと似たり寄ったりです」

いきなり新たな儲け話を見つけ出そうというのだから、無から有を生み出す神の御業に等しいことだ。

「うーん……新しい商品が無理なら、エーブさんが想定していないはずの、カーランとケルーベの共闘になにか可能性はありませんか？　それこそ、政治闘争のような」

要はエーブの儲けをどうにか引きずりおろせればいい。

そうするだけ、カーラン、トーネブルク、ケルーベの負担は減って、彼らは明るい未来を描きやすくなる。

「なにか共闘の方法があるとしましょう。それは団結して、女狐と交渉するようなかたちになるでしょう。すると今度は、我々の側で分け前を巡る利害の調整で揉めるでしょうね。カーランの計画を邪魔するより、カーランと協力するほうが難しいと思いますよ」

大きな港町の運営の現実を知るキーマンが、疲れたように笑う。規模も歴史も違う町なので、対等にということはありえないし、関わった人数で配分するにしても大商人の集団と小粒の商人の集団とでは、同じ人数でも価値が違う。

面子とは、実に厄介な概念だ。

ロレンスとキーマンはその後も蠟燭を注ぎ足し、夜通し頭をひねったが、めぼしい策は見つからなかった。対象範囲をサロニアやデバウ商会を巻き込むことまで検討したが、だめだった。疲れもあったし、なにより時間の制約が立ちはだかっている。

まだ外は真っ暗で夜が明けるような兆しもないが、鳥よりも早くに起床する聖職者が鳴らす控えめの鐘の音で、ホロが目を覚ました。

「ふわあぁぁ……あふ。ぬしよ」

「ああ」

ちょうど井戸に顔を洗いにいっていたキーマンが戻ってきて、毛布を畳むホロを見やり、肩を落とす。

「ロレンスさんには、今しばしトーネブルクの領主を説得するふりをしてもらうほかなさそうです」

「頑張って引き延ばしてみせますよ」

マチアスは決して計画に乗り気ではないが、自分の取れる選択肢が限られていることを理解するくらいには、賢い領主だ。ロレンスの姿を見たら、大した抵抗は見せず、契約に賛意を示して共にカーランに向かおうとするだろう。エーブもまた自分の作戦には自信を持っているはずだから、あまりにロレンスが説得にてこずれば、疑念を持つかもしれない。

それにこの計画には、エーブの単なる儲けだけでなく、今も続々と新たな故郷を目指しているだろう避難民たちの生活もかかっているため、引き延ばすのが正義だとも言いにくい。

「ロレンスさんたちは、早馬を？」

「エーブさんの見張りがケルーベの町にいないとも限らなかったので、町の外に」

キーマンはそれで納得してくれたらしい。ケルーベは大きな町なので、市壁の外にもさらに小さな町が広がっているような感じだから、馬屋はいくらでもある。

「はあ……たとえ成果がなかったとしても、昔ならばここからさらにもうひと踏ん張りできたのですが」

辛そうに首を回しながらキーマンは言うが、そこはロレンスも変わらない。この後、ホロの背中から落ちないか本気で心配だった。

「エーブさんの若さの秘訣はなんですかね」

ロレンスの問いにキーマンは割と真剣に考え、「貪欲さでは？」と言ったのだった。

ホロはロレンスにことさら進捗を尋ねてこなかったし、走る速度も抑え気味に感じられた。ついでにロレンスがうとうとするとわかるらしく、わざとどんと足踏みするようにして、ロレンスを起こしてきた。

なんなら口に咥えて運んでやろうかと言われたので、それだけはごめん被ると、ロレンスは必死に眠気と戦っていた。

けれどそれでも限界はあって、東の空が明るくなり始める頃、太陽の思いがけない温かさにいよいよロレンスの意識は溶けかけ、ホロの背中から滑り落ちそうになった。

ホロが何度も首をひねって様子を窺ってきていたが、どうにもならない。結局ホロのほうが諦めて速度を落とし、ちょっとした丘と雑木林で街道から視界が遮られる場所を見つけるや、ロレンスを降ろした。

そして呆れたように腹ばいになると、ロレンスを鼻で小突き、大きな尻尾でかき寄せるようにして、自分の毛皮をベッド代わりにしてくれた。

たわけ、の一言もない。それがロレンスに少し寂しかったのは、ホロがこちらの衰えを理解しているとわかったからだ。

初めて出会った時、地下道で散々走り回った挙句、ナイフで刺されても足を止めなかった。まさに命が尽きるその一歩手前まで戦い続けられたのに、今は振り絞る気力のその在庫というより、絞りきるための手に力が入らなくなりつつある。

ホロの毛皮と太陽の温かさの中、ロレンスは思う。

多分自分が死ぬ時も、こんな感じなのだろうなと。

いや、まさか本当に死んでいないよなと、ロレンスは思わず目を開ける。

すると夜明けの空を眺めていたホロが気がつき、大きな赤い瞳を向けてくる。

『寝ておればよい』

旅の途中、体調を気遣うのはいつもロレンスの役割だった。こうしているとホロも確かに賢狼様だといった感じだが、ロレンスはふと思った。

もしかしたら、ホロがやたらと酔いつぶれるのは、この役割が入れ替わらないようにということなのかもしれないと。

先を意気揚々と歩くのはいつもロレンスで、ホロが手を引っ張られて後からついていく。

決してその逆ではなく、歩けなくなったロレンスを、ホロが振り向くようなことではなく。

「っ……」

ロレンスは自分でもよくわからないなにかを呟き、ホロが怪訝そうに目を細める。

眠気に負けて閉じる瞼をこじ開けながら、ロレンスはどうにか口を動かした。

「まだ……終わらない……よ」

なにが、とはホロも聞き直してこない。

巨大な牙をぞろりと見せ、苦笑するように鼻の横をロレンスの肩にこすりつけてくる。

そしてホロはじっとロレンスを見つめた後、また遠くを見やった。

太陽の光に照らされた大地は、まさに金色の麦畑のようで、パスロエの村ではきっとホロが一人、こんな朝を何度も迎えてきたのだろう。

ロレンスはもちろんそこにいたはずもなかったが、ホロと何度も麦畑で夜を明かしたような気になってくる。その感覚は多分、二人で温泉郷ニョッヒラに乗り込んだ時、やっぱりホロの毛皮で暖を取りながら野宿をしたからだろう。

あの時のホロは、ニョッヒラの湯屋の主人たちが湯脈など見つかるはずもないと嘲笑う中、ふふんと鼻を鳴らすや、埋めておいたお気に入りの骨を見つけるように、その場所を探り当てていた。そして山の形が変わるのではとハラハラするくらいの勢いで掘り進め、たちまち温泉が湧いてきた。

ロレンスはそこに湯屋を構え、一人娘が生まれ、旅の途中で拾った少年が立派な青年になるくらいの時間を過ごすことになった。間違いなくそこが、自分の骨をうずめる場所でもあるだろう。

時に犬っぽいホロは骨の匂いにそわそわするかもしれないが、ホロに骨をかじられるならまあそれも本望だ。

ロレンスはそんなことを思いながら、夢とうつつの境目で、一人にやにやと笑っていた。

『ぬしよ』

ホロがそう言って起こしたのは、気持ち悪いと思ったからだろうか。

ロレンスはそんなことを思ったのだが、眩しさに目を細めながら見上げると、太陽がすっかり顔を出していた。どうやら思った以上に寝ていたようで、そろそろ出発しないとならない。

「……湯に浸かりたい」

ロレンスのつぶやきに、ホロがものすごく嫌そうな顔をする。

わっちはその言葉を我慢しておったのに、とでも言わんばかりだ。

トーネブルクも掘ったら湯が出ないだろうか。案外平野部でも湯が湧くなんてことがあるらしいと聞いたことがあるから、黄金よりかは可能性があるだろう。サロニアで見つけた地図も併せて考えれば、可能性は……。

ロレンスはそんなことを考えながら、再び眠りに落ちそうになる。

「はっ⁉」

と飛び起きたのは、ホロに頭をかじられたからではない。

ホロもロレンスの突然のことに目を丸くし、首を伸ばしていた。

ロレンスは辺りを見回し、ホロと目が合った。頭の中で、猛烈に記憶の断片が組み合わさっていく。ロレンスは唐突に、自分の手の中に宝の地図があるのだと気がついたのだ。

そして酔いが醒め、慌てて財布を確認する酔っ払いのように、ホロの前足を探っていく。

たどり着いたのは、巨大な掌だ。

出会ったばかりの頃、それを見せられて腰を抜かしそうになった。

これが怖くなくなったのはいつからだろうか。ずいぶん経ってからのことのようにも思えるし、ホロと旅を始めてほんのすぐのことだったような気もする。

「……」

爪を触ると、ホロは嫌そうに前足を丸めようとする。

ロレンスは、ホロを見た。

「今回ばかりは、狼の力を使うのもやぶさかではない、だったよな？」

ホロの大きな耳がぴんと立ち、風が起こるくらいの質量を伴って、その顔がロレンスを向く。

『夢の中でなにか見たのかや』

ロレンスは固唾を呑み、サロニアで過ごした日々から、ここに至るまでのすべてを地図に描き足していく。エーブは正当性の裏に、大儲けを隠していた。

そしてなにかを隠しているのは、人間だけではない。

この大地もまた、時の流れの中に隠しているものがある。

「エーブの奴は、正攻法でみんなの首を羊毛で絞めているらしい」

ロレンスの口調になにか嗅ぎつけたホロの目が、太陽よりも強く輝きだす。

「ならこっちは、遠慮なく悪い方法を使わせてもらおうか？」

ホロは一度、二度とまばたきをして、尻尾をばさりと振る。

日はいよいよ昇りかけ、新しい一日の始まりを告げようとしている。

『わっちゃあその顔が、一番好きじゃ』

また倒れ込むくらいにホロに頬ずりされたロレンスは、ホロの腹の毛皮の中に埋もれながらも計画を組み立てていく。あくまで可能性の話だが、ロレンスはかなり確信をもって、ホロに説明した。

サロニアでの一件がきっかけになって巻き込まれたこの話。

始まりがサロニアならば、解決のきっかけもまた、そこにあった。

『ぬしよ』

ホロが期待に目を輝かせる。

「ああ」

エーブの驚く顔が目に浮かぶ。

あとは、宝探しの仲間を集めるだけだった。

繋いでおいた馬を回収し、トーネブルクへと向かう。

昼過ぎに森の西側に差しかかったところで、ホロは一人だけ森に入り、狼になってロレンスから聞いた諸々を調べにいく。

ホロと別れたロレンスは、老司祭から地図を借りた時に覚えておいた道をたどったのだが、滅多に人が通らないらしく荒れ放題で、結局馬から降りて歩くことになった。

「これならホロと森の中を行ったほうがよかったな」

ロレンスは馬に向けて話しかけたのだが、馬のほうはホロの名に嫌そうな顔をしている気がした。一晩中狼の毛をたてがみに括りつけられて、もう勘弁だということだろう。ロレンスは思わず笑ってしまった。

そうこうしてトーネブルクの森を迂回する頃には、すっかり日も傾いていた。

寝不足で歩きどおしだったので、遠くに大きな池が見えてきた時にはずいぶんほっとした。

老司祭の地図では、この湖とも呼べそうな池のほとりに、領主の館があるはずだった。

集落というほどではないが領民たちの家もちらほらあって、豊富な水を湛えた水路があちこちに延び、その水によって麦ではなく野菜を育てている。マイヤーと出会った関所からトーネブルクにやってくる時も、森に近づくにつれて水が多くなり、崩れそうな橋がいくつも架かっていた。トーネブルクが森を守れたのは、水がちの土地という天然の要害があったればこそ。

ここも畑と道にはどこも高低差があり、池に繋がる水路に近づけば、水面は眼下に広がっている。池には小さな桟橋が突き出していて、二艘の小さな船が括りつけられていた。湿気の多い早朝にここを歩けば、霧によってどこが畑でどこか水面かまったくわからなくなるだろう。

ロレンスはこの土地の様子に、確信を得る。

旅人は土地の事情に通じず、行商人は多くの場合に情報で不利な立場に置かれるが、よそものであることが有利になる話もまた、サロニアでの一件のようにある。

そしてこれは、まさにその真骨頂といえた。

ロレンスが気付いたのは、羊皮紙に描かれた地図の組み合わせだった。当然、マチアスもカーランの商人たちも、エーブやキーマンでさえも、地図を何度も見て、それぞれに知恵を絞ったはず。

だから同じものを見て彼らを出し抜くというのは無理な相談だったが、ロレンスにはその点で有利なことがあった。

それがサロニアでの出来事だったのだ。

羊皮紙というのは高価なために、一度描かれた文字をナイフで削り、新しく書き直すことが珍しくない。そうすると、よく見れば下地に以前に書かれたものを見つけることもできる。ロレンスが今回の話に巻き込まれるきっかけとなった、木材商人の関税を巡る話の時、まさにそんなふうにして、地図の下に描かれたものに気がついた。

それは現代の商人たちが決して見ることのない古の土地の記憶であり、エーブやキーマンでさえおそらく知りえないことだった。

そしてここに、ホロと自分だけの旅の記憶も重ねてみる。

自分とホロはどうやって、誰しもが無理だと思っていた新しい湯脈を見つけ、ニョッヒラの温泉郷に湯屋を構えることができたのだったか。

このふたつの地図を重ね合わせることで、トーネブルクの地図は一変する。

同じパンを奪い合う兄弟のような関係だったふたつの町を、大きな商いの流れの下に、ひとつの商圏とすることが可能なはず。

それを繋ぐのがトーネブルクの森であり、正確には、トーネブルクの森に残っているはずの、古い記憶だった。

「ロレンス殿か？」

あぜ道の上から池とその向こうにたたずむ領主の館を見つめていたら、不意に名を呼ばれた。見やれば、お供を連れて馬に乗ったマチアスだった。

「領主様」

ロレンスが膝をつこうとすれば、手で止められる。

「カーランでの首尾は？」

マチアスは馬から降り、共回りの者に馬を預け、ロレンスには歩こうと促してくる。

ロレンスがマチアスと馬の足元を見やれば、それぞれ泥に汚れていたので、きっと森の中に入っていたのだろう。

見納めかもしれない、豊かな森を目に焼きつけるため。

「ウィンフィール王国側の名代、エーブ・ボランは信用できるといってよいかと」

マチアスはその報告を疑いこそしなかったが、いくらか落胆した様子は見せた。

カーランの計画こそが領地を救ってくれると思っていても、計画が反故になるくらいエーブに悪人であって欲しくもあったのだろう。

森を守ることと領地の経営の改善は両立せず、そんな倒錯した願いを抱いている。

そしてマチアスは、領民のため、領地の経営を守るほうに賭けたのだ。

「そうか……ご苦労だった」

マチアスはロレンスの報告を飲み込み、腹に収めてからそう言った。

ロレンスはマチアスのそんな様子を見て、サロニアで貴族になる権利を放棄してよかったと思う。守るべきものは少ないほうが、その少ないものを守るための葛藤も少ないのだから。

共回りの者を館に走らせ、急ぎ契約の署名をするための準備をせよと指示していたマチアスのことを、同情するように見つめていた時のこと。

遠くの森で、一斉に烏が飛び立った。

森が弾けたかのような光景に、マチアスが驚いてそちらを見やった直後、数拍遅れて衝撃に似た音が耳朶を打った。森全体が吠えているかのような巨大な遠吠えが突風のようにロレンスやマチアスの体を叩き、水面を波立たせ、生きとし生けるものすべての肝を震わせていった。

その巨大さが唐突なら、消えていくのもまた唐突で、通り過ぎてしまえばすべてが一瞬の白昼夢のよう。マチアスは現実なのかどうか確信が持てないといった顔で、呆気に取られて森を見ていた。そんな中、冷静だったのはロレンスだけ。

いや、いくらか興奮していたかもしれない。

なにせその遠吠えは、ホロからの合図だったのだから。

「領主様」

ロレンスが声をかけると、マチアスはびくりと肩をすくませて振り向いた。

「エーブ・ボランはこの森の豊かさに目をつけて、絵図を描いていました。それは不当な利益を求めたものではありませんが、いささか、彼女の利益が多すぎるようです」

マチアスはロレンスを困惑したように見つめ、それからもう一度不安そうに森を見てから、ロレンスに向き直る。

「一体、なんの話だ？」

「カーランの計画に領主様が参加なさろうとしたのは、教会との関係、それから借金問題、さらには領地の人々のよりよい生活のことを考えてのことだと思います」

決してマチアスは単純な私欲のために、森を切り開こうとしたのではない。

「ただ、それゆえに領主様は森を失うかもしれない危険を冒していま す。そして同じようなことは、カーランにも言えるでしょう」

エーブにつけ込まれている、とまでは明言しなかったが、マチアスはそう受け取ったらしい。元々、薄々はそう思っていたのだし、かといって強気にも出られない自らのことを情けなく思っていたのだから。

「ロレンス殿よ、いまさらそんなことを指摘してどうなるというのだ」

だからマチアスは、疲れきった顔でそう言った。

これが世の中というものであり、その道理に従うほかないのだと。

だがロレンスは、世の中の道理を蹴っ飛ばすことに関しては一家言ある。

「この森には、高値で売れるものが眠っているとしたら、いかがです？」

キーマンは土地から黄金でも出てくれないかと冗談めかして言った。

黄金は荒唐無稽だが、宝の在処を示した地図は確かにあった。

誰も見つけられなかったそれを、よそ者がよその町で見つけてきたのだ。

「領主様。私がどこからきた人間か、ご存知ですよね？」

ロレンスの唐突な質問と、その商人らしい微笑みに、マチアスは気圧されて口ごもる。

けれども視線を逸らせないのは、ロレンスの瞳に奇妙な自信が宿っているのを見出しているからだろう。

「そなたは……」

ごくりと唾を飲んでから、言う。

「そなたは、確か、ニョッヒラの」

「ええ。温泉郷で湯屋を開いています。湯脈を掘り当てましたからね」

マチアスは困惑したまま眉をひそめ、口をつぐむ。

「そして古い地図です、領主様」

ロレンスは傍らに広がる広い池を指さしながら、言った。

「この池がその昔どこに繋がっていたのか。そして今はどうなっているのか。私はその謎を解いた功績によって、もしかしたら領主様と肩を並べて歩けるようになっていたかもしれないのです」

サロニアの平原に横たわっていたという大蛇の伝説。

ホロは塔の上から麦畑を見て、その大蛇の痕跡に心底驚いていた。今のマチアスの顔は、それに似たようなものだった。

「地下……水？」

マチアスは呟き、口に手を当てる。

「いや、だがここは水に困っている土地ではない。むしろ水に困らされることのほうが多い。水など掘りあてても……」

「水だけでは、そうでしょうね」

なにせ温泉とは違うのだ。勇者のせいで地面の下に追いやられた大蛇は、今もいくらかその痕跡を残し、それが地下水となってあちこちから染み出している。けれどその名残を掘り当てたところで、すぐにお金に変わるわけではない、というのは正しいのだが、そこでキーマンとの会話を思い出すべきだった。

水とは、その流れもまた、貴重なものになりうるのだから。

「かつて存在した川の痕跡から染み出す、細切れの湧き水を掻き集めるんです。それから水路を整備し、トーネブルクの木材で水車をつくります。ここは幸いなことに、周囲の土地に比べて起伏の多い場所ですから、水車を回すのに適している」

顔をしかめたマチアスの皺がますます深くなったのは、現実的な問題が徐々に見えてきたからだ。

「水車だと？　麦の製粉で税金でも取ろうと？　いや」

自らかぶりを振ったマチアスは森を見た。

「……製鉄？　だが、そなたは、水車を使うほど鍛冶場を拡大しろと？　いや、違う。そなたは――そなたたちはなぜか、森の味方なのだから」

キーマンはおそらく、サロニアで手に入れた麦の特権を守るため、この森を守ろうとしているというロレンスの言い分を信じているだろう。

　けれどマチアスは商人ではなく、もっと森に根差した人間だ。

　ロレンスたちが損得とは別のところで森に深い共感を寄せていると、理解してくれている。

「ええ、森の味方ですとも。ですから、製粉でも、ましてや鍛治場の大繁盛を前提にした製錬のためでもありません。もっと森に適した水車の利用法があるのです」

　ロレンスは、自身の着ている服をつまんでみせた。

「毛織物の縮絨です。ここで布まで仕立てて、それを売るのです。あの親方の鍛治場がありますから、羊毛を処理する灰も手に入りやすいです。羊毛が毛織物になるまでの、すべての加工を手掛けられるはずです」

　マチアスがぽかんとしていた。

「貴重な木をやたらめったら切り倒し、無理に森に道をつくる必要だってありません。羊毛を糸に紡ぎ、布にして、縮絨で仕上げをするのは、水を豊富に抱えている土地だけの特権です。しかもこの話が素晴らしいのは」

　と、間を開けた。

「これが宿敵ケルーベとも手を組めるものだということです」

　ケルーベの名に、マチアスがざらついた表情を見せる。借金をしているとどうにも卑屈になるが、領主という身分がそれを許さず、つい意固地になってしまうのだろう。

「ケルーベが……？　しかし、奴らは——」

「ええ。彼らが傲慢なのは、邪悪だからではなく、町が巨大だからです。そしてどんな商いでも採算を取るには量が必要であり、その点で、味方になればとても心強いです」

エーブはカーランとケルーベを上手に対立させていた。それは経済構造が似通っているので対立させやすいということでもあるが、逆に言うと利害が一致しやすいことを意味している。

エーブはおそらく、木材を手に入れるにあたり、ふたつの町の共闘をまず避けるよう考えた。そこから策を練り始め、今回の絵図にたどり着いたのだろう。

「私の計画ならば、カーランとケルーベをひとつの商いで繋ぐことができます。しかもそのふたつを繋ぐには、どうしてもこの森が必要になるのですから、カーランもケルーベも領主様の協力を得るためにひざまずくでしょう」

それまで腰の低い商人を演じていたロレンスは、二歩、前に出た。

マチアスの懐に潜り込む勢いで距離を詰め、政商が悪だくみを持ちかけるように、下から見上げて言った。

「領主様。ぜひこの計画を、主導していただきたいのですが」

マチアスは気圧されるようにロレンスを見つめ、しかしそこは現役の領主だった。

目に力を取り戻し、食いしばった歯の間から絞り出すように言った。

「目当ての報酬はなんだ」

商人がなんの対価も要求せず、こんな計画を持ち込んでくるはずがない。

その問いは二度目だし、一度目は彼らのために答えたが、今回くらいは私利私欲のために答えても許されるだろう。

「ふたつあります」

金額を言われなかったことが意外そうなマチアスだったが、言ってみろとばかりに顎をしゃくる。

「まずは服を一着」

「服？」

「カーランは南の商人たちを町に呼び込むつもりのようです。ですから彼らの伝手と、この森で仕上げられた布を使って、南の流行を取り入れた女物の服を一着用意していただきたい」

怪訝そうだったマチアスは、ロレンスが誰と旅をしていたか思い出したらしい。それでもいくぶん疑念を持ったまま、どうにかうなずくしぐさを見せ、「ふたつ目は」と言った。

「ふたつ目は、この計画を領主様のものとしていただくこと」

「……？」

聞き漏らしたかというようなマチアスの顔に、ロレンスはもう一度言う。

「お話しする計画は、領主様の発案にしていただきたいのです。そこから得られる利益も、なにもかも、領主様が手にして、それを采配していただきたい」

「そ、れは……」

お金をあげるからこの商品を買ってもらえないか。

そんなことを言われた客のような顔をしていた。

「奇妙とお思いですか？　しかし領主様は、トーネブルクを治める領主様であられる一方、私はしがない湯屋の主人なのです。あのエーブ・ボランから不興を買うのを避けられるならば、安いものですよ」

開けかけられていたマチアスの口が、閉じられる。

「いわば身代わりの費用ということですね」

気位の高い領主ならば、不敬な、と剣を手にしたことだろう。

けれどマチアスはそのくらい気安い説明のほうが、よく腑に落ちたらしい。

「……そなたは計画を思いついたが、実行するには格が足りないと？」

「絵に描いたパンは食べられませんから」

マチアスはそれでもなにか不釣り合いを感じているようで、不服そうだった。

貴族は面子を重んじるので、平民から施しを受けるなど、ということだろう。

「ではもうひとつ、お願いをさせてもらっても？」

ロレンスの言葉に、マチアスが顔を上げる。

「私の案で森を守れたなら、領主様は一本の若木をなにがなんでも守り抜いてくれませんか」

「……どういうことだ？」

「私の子、孫、そのさらに孫の世まで。私がこの森を守り抜く一助になれたことを誇れるように」

金銭ではなく名誉。

マチアスには、わかりやすく響いたらしかった。

金貨に飽いた商人が名誉を追いかけるのは、どこでも共通のことなのだから。

「本当に、それでよいのか？」

不敬なる旅人は、微笑んで肩をすくめてみせる。

森の領主は目を閉じ、髭を握りしめるように撫でている。その瞼の向こうにいるのは、森を切り開く計画を推し進めていた、あの派手な衣装に身を包んだエーブの姿だろう。

そのあまりの隙のなさに、マチアスは恐怖さえ覚えて森に逃げ帰ってきた。

しかし金勘定には疎くとも、名誉の話ならば本分である。

そう言わんばかりに背筋を伸ばしたマチアスは、鍛え抜かれた猟犬のような目でロレンスを見た。

「狼に震える者が、どうして森に暮らすことなどできようか」

ロレンスがお調子者なら、合いの手を入れたところだ。

「して、どのような手はずにすればいいのだ？　マイヤーは必要か？」

宝探しに仲間が加わった。

ロレンスはエーブの大伽藍を崩す計画を、マチアスに説明したのだった。

マチアスを説得し終わった後、ロレンスはすぐにケルーベにも連絡を取る必要があった。

けれど自分の足で赴くには疲れすぎていたし、ホロに頼るのもやや難しい。

そこでマチアスの館にて書状をしたため、マチアスの下男に託すことにした。

マチアスはその後、当然のように宴を用意しようとしたのだが、ロレンスは固辞することになった。表向きの理由は、カーランにすぐにとって帰り、根回しをしなければいけないからというものだったが、本当のところはホロと合流するためだった。なにせトーネブルクの森へと続く、かつての川の跡を調べていたホロを森に残したまま、自分だけご馳走を食べて絹のベッドに寝ていれば、後でどんな目にあわされるかわからないのだから。

そんなわけで日も暮れかけた時刻。ロレンスは眠い目を擦りながら出発したのだが、人の住処がだいぶ遠くなった頃、森の中からなんともいえない気配が漂ってきた。

ちらりと見やれば、夕闇の森の暗がりに、赤い目が光っていた。

「首尾よくいったよ」

その言葉が届く頃には、森の中からなにか大きなものの気配が消え、代わりに服を抱えたあられもない姿の少女が出てきた。なにも知らない者が見たら、森の泉で水浴びでもしていたおてんば娘と思うだろう。

「少しは恥じらいを持ったらどうだ？」

呆れてロレンスが言うと、ホロは華奢な肩をすくめるばかり。

「そんなことより、ぬしよ」

服を手早く着たホロは、大股にロレンスへと歩み寄る。そして馬から降りたばかりのロレンスに向かって背伸びをすると、むんずとその伸びかけの顎髭を掴んだ。

「わっちに説明すべきことがあるのではないかや⁉」

ホロの怒った声に馬が驚いていないないたが、ロレンスはこのことが予想できていたので、あまり驚かなかった。怒っている原因は、どこかで盗み聞きしていた、マチアスとの会話の内容のはず。

「……あのなあ、お前の毛皮ほど頑丈じゃないんだよ」

ひりひりする顎の左下を撫でながらロレンスが言うと、ホロは馬の背を見て、ロレンスを見て、むすっとしながら両腕を伸ばしてくる。

抱っこして馬の背に乗せろ、というわけだ。

狼の忠実な僕であるところの羊は、賢狼様を馬の背に乗せて、手綱を引いて歩き出す。

「なにから怒ればいいのかわからぬがのう」

ホロは馬の背に乗るや、積み荷の中に手を突っ込んで、干し肉を取り出しながら言った。

「服じゃと?」

その一言には、ずいぶん多くの含みがある。

まず、服で着飾っても腹は膨れぬという狼らしい理屈。

それから、多分その服は自分のものではないということだ。

「……南の流行を取り入れた服があると言えば、ミューリも一度くらい湯屋に戻ってくるかもしれないだろ」

黙っていたところで後で引っ掻かれるだけなので、ロレンスはおとなしく白状した。

すると馬の背が曲がるくらい、ホロがため息をついていた。

「たわけ!」

懐かしささえ感じる、感情の籠もった一言だった。

「森の美味いものの詰め合わせは、マイヤーさんに頼めばいいだろ。きっと用意してくれるよ」

ロレンスが投げやりに言うと、「ぬしがきっちり頼んでくりゃれ」と念を押された。

「で、じゃ」

ホロがロレンスの髭を摑んで怒ったのには、もうひとつ理由がある。

それはロレンスもわかっている。

「エーブと全面対決なんてしたくないだろ」

言い訳がましくなってしまうが、事実でもある。

エーブが完全な悪を為しているのならば、あの隠れ家に乗り込んで、すべてお見とおしだ！　とばかりに対決してもいいのだが、そういう話ではないのだ。それにエーブも丸くなったように感じるだけに、完全に邪悪でもないエーブの儲け話を邪魔する矢面に立つのは、ちょっと居心地が悪すぎる。

「むしろお前がそこにこだわるほうが、やや意外ではあるんだが」

ロレンスが起死回生の案を見つけ出したのに、その功績も、利益も、なにもかもマチアスの手に。

なんだかんだ言いながらロレンスのことを高く買ってくれているホロなので、ロレンスが正当な評価を得ないのは悔しい、ということなのだろうか。

ロレンスとしては、もうそれだけで嬉しいよと、最愛の妻に言おうとした矢先のこと。

「うちの羊は賢いじゃろうと、自慢する好機じゃったのに！」

そういえばホロは、幸せな姿を見せつけたいとかいう身もふたもない理由で、エーブたちを結婚式に呼んでいた。ロレンスとしてはどう向き合うのがいいのかなんとも困る話だったのだが、ホロらしいといえばそうだ。

「ただエーブのことだから、隠したところで普通に見抜く気もするんだけどな」

それでもロレンスが必死にマチアスの陰に隠れる様を見れば、敵対するつもりはなく、またいささか申し訳なさも感じていると理解してくれる……だろうと祈るしかない。

「エーブには、これからもコルとミューリの味方でいて欲しいというのもあるし」

ロレンスが言うと、ホロは前を向いて、もう一度ため息をつく。

「ぬしは本当にたわけじゃ」

「ん？」

「あやつが怒ることなどありんせん。むしろ大喜びじゃろうよ」

「え……？」

ずいぶん面白くなさそうなホロの顔から、ロレンスはなんとなく察することができた。

歯ごたえのある敵としていてくれれば、遊び相手に困らない。

金銭が絡まなければそんなこともありえよう、とは思うのだが、そこに期待して全面対決の道を選ぶのは、割に合わない賭けな気がする。

「まあ、ぬしとあやつが楽しそうに戦っておったら、それはそれでわっちも腹が立つんじゃが」

ホロが尻尾をばさばさ揺らすと、馬が不安げに背中の上の狼を振り向いている。

「買いかぶりすぎだよ」

ロレンスの苦笑交じりの言葉に、ホロが冷たい目を向けてくる。

「わっちの選んだものが、大したものではないと？」

賢狼の横に立つのじゃから、並の商人であっては困りんす。

いつだったか、そんなことを言われた気がする。

「なのにエーブと正面切って戦ってたら、それはそれで嫉妬するってどうなんだ？」

ロレンスの切り返しに、ホロはふむうとうなずく。

「難しい話でありんす」

単にわがままと言うんだよ、とはロレンスも言わず、代わりにこう言った。

「俺は難しい謎を何度も解いて、ここにいるからな」

ホロは驚いたように目を丸くしてロレンスを見やり、それからくっくと笑う。

「偉そうに言うのう」

心底嬉しそうなホロの顔に、ロレンスもつられて笑ってしまう。

「しかし、逆転のこの計画だが、不安がないわけじゃない」

「んむ？」

ぽくぽくと馬の手綱を引きながら歩くロレンスは、言った。

「計画の一端には、自他共に認めるエーブの宿敵がいるだろう？」

エーブがコルに陰謀を見破られて降参したり、ロレンスが敵として立ちはだかっても面白がったりするだろうというのは、根本のところでロレンスはエーブと同じ立場にいないからだ。

しかしキーマンは、エーブとそっくり似たような現役の大商人であり、それゆえに王国と大陸の海峡を挟んでの小競り合いやら、煮え湯の飲ませ合いみたいなことを延々としているのが窺えた。

それはそれである種の仲の良さなのかもしれないが、エーブが満面の笑みで手にしようとしている大きなパンを叩き落とそうとすることに、キーマンが愉悦をこらえられるかどうか。

そこが若干不安だった。

「ふふん。悔しさに地団太を踏むあやつの姿も見てみたいところじゃし、まあ、大丈夫じゃろう」

エーブの周到な計画によって身動きが取れないとわかった時、まさにホロは地団太を踏まんばかりだった。怒ったり悔しがったり喜んだりと忙しいが、ホロはそういう感情の動きすべてが楽しいと言っていた。

全力で走ることそのものが楽しい、狼そのままに。

あるいはキーマンやエーブもまた、そうなのかもしれない。

「穏便に済んで欲しいものですよ」

羊が疲れたように言うと、ホロはにししと笑ってから、ロレンスに馬に乗るよう、馬の背をぽんぽんと叩いたのだった。

終幕

「お久しぶりですねえ、エーブさん！」

カーランの町にマチアスと共に現れたキーマンが、カーランの参事会に乗り込んでエーブと対面した第一声が、それだった。

「木材がどうしても必要だとか？　いやあ、ケルーベにはレノスからの上質のものがたっぷり届いておりますよ！」

ロレンスはキーマンの張りきりように頭痛をこらえるようにうつむいてしまうが、ホロは実に楽しそうだった。

さすがエーブというべきか、突然のことにも驚きを表情に出すことこそしなかったが、遠くに控えていたロレンスを見やり、どういうことかと目で問うくらいはした。

ロレンスは一世一代の演技として、巻き込まれた被害者らしく、申し訳なさそうに首をすくめてみせるばかり。

「マチアス様のところに借金について話しをしにいきましたら、なんということでしょう。どうしても森の木を切るのは嫌だと言って、ロレンスさんと揉めておりましてねえ。もっとも、ロレンスさんのほうもサロニアに麦畑の権益を抱えていることから、森を失っては大変困るとのこと。これは見捨てておけぬと、我らで頭をひねりましてね！」

ぺらぺらとさも真実のように語るキーマンの横で、マチアスはむっつり黙りこくっている。わざわざ髭に油をすり込み逆立て気味にし、服は武骨な熊の毛皮の外套だ。

マチアスが慣れぬ口上をまくしたてるより、まったく信用できないエーブを前に怒りをため込んでいる頑固一徹の領主然、というほうが効果的だろうということになったのだ。

「そして我らが情報を持ち寄れば、これはこれは」

キーマンが手を叩き、エーブに犬歯を剝くかのように笑ってみせる。

「エーブさんが実に大儲けされるようだとわかりまして」

ロレンスたちはキーマンの提案によって、カーランの参事会に押しかけていたのだが、カーランの重鎮たちには根回しすらしていない。

そのほうが、傲慢なケルーベの代表と、世の中の機微がわかっていない領主による計画だと思われやすいだろうという、二人の案だった。よもや隅っこに控えている元行商人の発案などとは思うまいと。

もちろんそんな裏話を知らないカーランの貴顕たちは、すべての計画が水泡に帰すのではと、明らかに動揺し混乱していた。

「そこで不肖のこの私は、ケルーベ市政参事会員として、カーランと商いで提携できないかと思いつきましてね」

驚きの声を上げたのは、エーブではなく、カーランの者たちのほうだった。

「我らケルーベはこの町より一回り、二回り、それ以上に大きい町ですが、すべてを商えるわけではない。そこで新たなる地平を求め冒険されているカーランに、うってつけの商品を取り

扱っていただきたく、本日は参上した次第でして」

最後のほうはエーブにではなく、カーランの参事会の面々に向けられた実に芝居じみたものだった。胡散臭いことこの上ないが、キーマンが懐から取り出した書状を、カーランの者たちが拒絶できるはずもない。

参事会員の中では最も席次が上だったらしい太り気味の商人が、周囲から視線を向けられ、渋々といった様子で代表して書状を受け取っていた。

「……毛織物を巡る、長期的な取引の申し入れ？」

カーランの人間が読み上げた文章に、エーブが初めて眉間に皺を寄せた。

「カーランの皆様はトーネブルクより仕入れた木材を王国に売り、その代わりに羊毛を仕入れるのではなく、毛織物を仕入れて、それを輸出されたらどうかと思ったのですよ」

カーランの参事会の面々が、不思議そうに顔を見合わせた後、一人が言った。

「親愛なるケルーベのキーマン殿。この近辺に売るほど毛織物を生産できる町はありませんよ。ご存知でしょう？　一体どこから買いつけろと言うんですか？　あなたの町ケルーベでさえ、遠方から仕入れているはずです。我々にそれをさらなる高値で買い、転売しろと？」

キーマンは目を閉じ、深く聞き入るようにうなずいている。

「ご安心を。毛織物を提供するのは、このトーネブルクの領主様です」

キーマンが手で示すと、全員の視線が鳥の群れのようにマチアスに集まるが、むっつりしたマチアスが動かないので、すぐにまた鳥のように別の場所に移る。

「ボ、ボラン様……」

エーブ、と呼ばないあたり、立場の差が窺い知れる。

マチアスに負けず劣らずむっつりと黙り込んでいたエーブは、唐突に言った。

「糸の調達はわかる」

商人の中の商人は、想定していない事態でも取り乱すことはしない。

傭兵が戦場でそうするように、目の前の状況を把握することに全力を尽くしている。

「機織りの道具も森の木があれば、費用を抑えたうえで作ることができる。羊毛を洗う灰も、なんなら染色に必要な樹皮も森で手に入る。山ほどの糸を紡ぐ人手も、難民たちでまあどうにか賄えるだろう。だが……」

エーブは、羊毛の大産地でありながら毛織物の名産地ではない王国の商人らしく、言った。

「問題は常に布の仕上げ工程にある。縮絨は水車を動かす川が、染色も豊富な水が必要になる」

森も山も少ない王国には、そのどちらもが欠けている。だからへたに糸に紡いだりせず、羊毛を羊毛のまま売ったほうが得なのだ。糸に紡いでしまうと糸紡ぎで人々に仕事を与えたいところが買ってくれなくなり、顧客が減るうえに、余計な時間もかかる。

けれどそれゆえに、一着の服の価格の内、ほんのわずかな部分しか王国は手に入れることができないでいる。

「水はある」

ようやく、マチアスが口を開いた。

「ただ蓋をされていただけだ」

エーブは眉を顰めてから、温泉が噴き出るように目を見開いた。

人の世の狼が視線を飛ばした先はロレンスであり、ホロだった。

エーブの視線を追いかけていたキーマンが、ここぞとばかりに言う。

「このお二人はニョッヒラでも、巧みに湯脈を見つけられたとか。今回はサロニアにて、古い時代に埋められた川の地図を手掛かりに、水脈を見つけたそうです」

キーマンの説明をエーブはほとんど聞いていなかったが、それもそのはずだ。どうやってロレンスたちが地下水を見つけ、水量が豊富だと確かめることができたのか、いわんやその湧水をどうやって掻き集めて利用するつもりなのか、その真の方法にすぐ気がついたからだ。

巻き込まれたふうを徹底的に装うロレンスの横で、ホロはなぜか自慢げに胸を張っている。

「つまりトーネブルクで、布を仕上げることが可能なのです。そこで我らケルーベは羊毛を王国から仕入れ、我が町が誇る人口の多さによって大量の糸を紡ぐ。そして羊毛の対価としてレノスからの木材を王国に提供する。紡いだ糸は我らとカーランにて織り上げて、トーネブルクにて縮絨して仕上げ、あるいは場合によっては染色まで施してもいいでしょう。そして完成した毛織物は、すべてカーランの町から輸出される。願わくば、ケルーベにはいくらか他の町に優先した買いつけの権利を、認めて欲しいものですが」

キーマンのその言葉に、カーランの者たちはそのくらいならば、みたいなことをひそひそ話し始めている。

「そしてこれを毎年、繰り返す。適正な価格で、参加者の誰もが損をしないように」

とってつけたような台詞を、キーマンは最高の笑顔で述べていた。

正しいことだけを材料に自分の望む方向に道をつくり上げていたエーブは、同じことをやり返された格好となる。

誰も悪を為しているわけではないし、誰も暴利を貪ってはいない。

ただ、天才的なひらめきによって、うまく話を組み合わせれば一人勝ちできるではないかと気がついた商人が、追加で手にするはずだった大儲けを取り損ねるだけだ。

いや、とロレンスは思った。本当のところ、エーブは金銭的な儲けでさえ二の次だったのかもしれない。

なぜなら、勝ち誇るキーマンに対し、エーブは笑顔のまま歯を食いしばっているが、それは金貨を巡って骨肉の争いをする者が見せる表情ではなかったのだから。

二人が見せ合っているのは、商人同士の陰湿な感情ではなく、子供が喧嘩をする時のものそのままだった。

「ウィンフィール王国は大商人エーブの手によって売りさばかれる羊毛の対価に、我がケルーべから木材を手に入れ、この新しき港町カーランは新たなる商品毛織物を商って、町を拡大する。そして深淵なる森を抱えるトーネブルクは、その神聖な森を大規模に切り開く必要もない。おお、神の思し召し！　神の祝福があらんことを！」

絶対に神など信じていないキーマンの、いっそその白々しさが、かえって本気のように聞こえてくる。いずれにせよカーランの者たちは、すでに新たなる計画の利点に気がついている。

エーブの頼みによって信仰的避難民たちを町に受け入れるのならば、いずれにせよ町は持続的な商いを見つけ出さなければならない。トーネブルクの森を切り開く事業には、継続性の点で一抹の不安があるし、さらには領主自身が積極的に望んでいないことでもある。

そこに羊毛から毛織物に至る一連の加工を含む、取引の連環が取って代わるのなら、これに勝るものはない。

なにせ羊毛という商品がどこにいっても通じる人気商品であるように、毛織物もまたそうなのだから。

「というわけですよ、ボラン商会の主様」

キーマンはそう言って、エーブの前に歩み出る。

座ったままのエーブはじっとキーマンを見上げるが、互いの表情は少なくとも、笑顔である。

「あいつを手元に置き続けなかったのが敗因か？」

エーブはそう言って目を閉じると、すぐに目を開けて視線をカーランの者たちに向けた。

「私は王国のため、正しき信仰のため、羊毛の対価として木材の取引が成立すればそれでいい」

カーランの者たちがキーマンの書状を取り囲み、息をひそめてトーネブルクの領主を見やる。

「我が領地で布を仕上げるには、そなたらの知恵と協力が必要であり、仕上げた布を必要な場所に届けるにも、そなたらの船が必要だ」

そして最後に、カーランの者たちはキーマンを見る。

「私はケルーベで困窮者の対処も一任されていましてね。わかるでしょう。糸紡ぎの仕事はあればあっただけ助かるのです」

ばらばらに利を追い求めては共倒れすることでも、なにかきっかけひとつあれば、がらりと変わる。エーブはそれを上手に組み立てたが、新しい材料を注ぎ足すことで、もっと別の形にも組み替えられる。

カーランの者たちは互いに顔を見合わせ、うなずいた。

「神の御心の……下に」

「神の御心の下に！」

皆が唱和するところ、エーブだけが肩をすくめ、強い酒を飲みたそうにしていたのだった。

　カーランの者たちと簡単な覚書を交わした後、キーマンは早速ケルーベの参事会に話をとおしにいくと言って、意気揚々と早馬を仕立てて出ていった。そんなキーマンを参事会の会館前で見送っていたところ、マチアスに声をかけられた。

「我が森を守ってくれた礼を、我が祖先ともども伝えたい」

　その斜め後ろではいつもの農夫風よりももう少し綺麗な格好をしたマイヤーが、今にも泣きそうな顔をして控えている。ロレンスに話を持ちかけてきた時に見せたような如才ない顔はよそゆきのもので、普段森の中で木々を見回っている時にはこんな素朴な感じなのかもしれない。

「滅相もありません。トーネブルクの森を守ることは、サロニアの麦畑を守ることでもあり、ひいては麦など育たない北の大地に住む、私たちの食卓を守ることでもありますから」

　いくらか大袈裟ではあるが、完全な嘘でもない。

　それにロレンスとしては、もっと欲しい褒美を用意されている。

「そなたの名誉を称える件についてだが」

「はい」

「森で最も偉大な樹に、そなたの栄光を刻ませよう」

　マチアスの最大限の心遣いだったろうが、ロレンスはこう言い添える。

「ありがたいお申し出、大変光栄です。しかし所詮私はよそ者の身。可能であればもう少しつましい樹木に、ささやかに名前を刻ませてもらえれば」

せっかく守れた豊かな森の、その最も偉大な樹に傷をつけては元も子もない。

いつか再び訪れるホロにとっても、興ざめだろう。

「そうか……んむ。まったく、そなたのような心意気の人物がサロニアの領主になっていれば、余の毎日も張り合いが出るのだが」

あまり謙遜しても失礼になるので、ロレンスは微笑んで頭を下げておいた。

そしてマチアスがそんなロレンスの肩を叩き、カーランの者に呼ばれて再び会館の中に向かうと、主についていこうとするマイヤーはそのわずかな隙間に、ロレンスの下に歩み寄って耳打ちした。

「ロレンス様にはとびっきりの森の恵みをご用意いたします。まったく……まったく、感謝の言葉がありません」

ロレンスの手を力強く握り、とびっきりの森の恵み、という単語に目を輝かせていたホロとも握手をして、マチアスを追いかけていった。

「ぬしはまるで立派な商人様じゃな」

参事会の会館では、誰も彼もがやる気に満ち、忙しなく行きかっている。そういう場所ではちょっと場違いな感じのホロが、小さく言った。

「だろう？」

ロレンスが隣を見やれば、ホロはじっとロレンスを見上げた後、くすぐったそうに首をすくめて、体を寄せてくる。

「どんな愛の言葉を木に刻むつもりなのか、今から楽しみでありんす」

ロレンスは笑って肩をすくめ、お楽しみに、とだけ答えておいた。

そうこうしていると、会館の奥の議場から人が出てきて、他の誰でもない、エーブだった。

ホロは悪戯っぽく微笑んでいるものの、ロレンスはやや緊張する。

本物の大商人らしく歩きながらあれこれ指示を出す様子が実に様になっていて、少し羨まし

くもなってしまう。

そしてロレンスたちのことなど歯牙にもかけないといったふうで通り過ぎようとしたのに、

突然足を止めて、鋭く言った。

「あとで宿にこい」

それからロレンスの返事も待たずに行ってしまう。

ロレンスはちょっと物騒なことを想像してしまったが、隣のホロが尻尾をぱたぱたさせて舌

なめずりしているので、宴会に呼ばれたと思っているらしい。ホロがこんな感じなので、エー

ブも実際怒っているわけではないのだろう。

それからロレンスたちはいったん宿に戻り、手土産に酒場で一番上等の葡萄酒を小さな樽に

詰めてもらい、それを抱えてエーブのねぐらに向かった。

扉を叩き、通された中庭には、焼き立ての肉や魚やらがずらりと並んでいた。

椅子に座っていたエーブはむすっとしたままだったが、ロレンスから手土産を受け取ると、疲れたようにため息をついていた。

「どこからどこまでがお前の描いた絵なのか、とは聞かないが」

さっきまでピカピカの青天だったのに、突然大雨に降られて茫然自失のままようやく家にたどり着いた、そんな様子のエーブが、椅子に深くもたれかかりながら言った。

「どこで気がついたんだ？　計画は完璧だったはずだ」

それはロレンスたちを裏切り者と責め立てるのではなく、服を編んでいたら思いもよらぬ柄になってしまったことを嘆くような物言いだった。

「ケルーベもまた騙されているのではないか、と気がつくのは大変でしたよ」

エーブは眉間に皺を寄せるが、側に控えている傘持ちの娘が微笑みながら、主の皺に悪戯っぽく手をかけて伸ばしていた。

「私は、あなたの恐ろしさをよく知っていますからね。やれることは全部抜かりなくやるだろうと、あれこれ考えました。そんな折りに、ケルーベは別に悪人である必要はないと気がついたんです」

権力者が土地を治める極意には、分断して統治せよ、というものがあるらしい。

領地の者たちが結託しないように、それぞれ利害を対立させて、上手に治めるらしい。

「もしも昔のままのあなたがそこに座っていたのなら、ケルーベを悪人に見せるため、その悪人の役をあなた自身が埋めていたはずです。そして私は、よもやケルーベもしてやられているなんて、思いもよらなかったことでしょう」

エーブは昔のように巧緻に長けているが、おそらく邪悪ではない。

コルとミューリが懐いているのもきっと本物だ。

そうであれば、きな臭さを感じる計画ほど、ぱっくり開いたほころびが見えてくる。

「まったく……お前ら一族と一緒にいると、どうにも調子が狂う」

エーブは葡萄酒ではなく麦酒を勢いよく飲み、炒った豆を口に放り込む。

まるで自ら荷を運び、危険な商いに身を晒していた頃のように。

「これでお前らが金ぴかの利益を手にしていれば、まだ怒りも向けられるんだが」

ホロがご馳走に夢中な様子は、まるで普段からろくなものを食わせてもらっていないかのようだし、ロレンスも特に得をしたという感じではない。いつもの冴えない行商人風情だ。

「ただ、お前があのあほたれに花を持たせたことだけは、覚えておくからな」

キーマンにしてやられたかたちになっているのは、不服だったようだ。

「仕返しはキーマンさんにお願いします。受けて立つ、だそうですから」

エーブはまたしても笑顔のままこめかみに力を込め、残りの麦酒をぐいと呷る。

そして忌々しげに、ホロが皿ごと引き寄せていた羊のあばらの肉に手を伸ばし、守ろうとするホロの手を器用にすり抜け手に入れた肉を噛みちぎりながら、こう言った。

「お前んところの娘も、私とキーマンの争いを嗅ぎつけて楽しそうにしてたな。まるで仲が良いみたいに思っているみたいだが、良いわけないだろう」

「ええ？」

ロレンスが驚いていると、隣でホロが笑っていた。

そしてロレンスは、聞かなければならないことがあったのを思い出す。

「ああ、そうだ、その話です」

「なんだ？」

ホロとさらなる肉を奪い合っていたエーブが、ロレンスを見やる。

「コルとミューリが今どこにいるか、エーブさんならご存知ですよね？」

ホロが無理に羊のあばら骨を引き抜くと、脂がたっぷりの柔らかい肉はごっそり削げ落ちてしまう。そこをエーブがすかさずナイフで刺して自分のほうに引き寄せると、ふふんと子供みたいに鼻を鳴らしていた。

「あいつらと会うのはお勧めしないがね」

聞き間違いだと思ったのは、世間話のように言われたからだ。

「真面目に言っているよ」

エーブは口元から垂れた脂を小指で拭い、ロレンスを見やる。

「お前のためというより、あいつらのために」

単なる誤魔化しには感じられず、思わずホロを見てしまう。

「弱みになるということかや」

軟骨をばりばり嚙み砕きながらのホロの言葉に、エーブが肩をすくめる。

「あいつらの一挙手一投足に注目してる連中がわんさかいる。そこに山奥から間抜け面を晒した家族がやってきてみろ。どうなると思う」

たちまち利用しようとする者たちが集まってくるだろう。

「今、コルたちはそんな感じなのですか」

「王国にいる時は、それでも信頼できる仲間が多いから呑気なところはあるが」

賑やかな宮廷でわがまま三昧のミューリと、豪華な図書室で貴重な書籍を読みふけっているコルが一瞬想像できたが、あの二人の活躍は本物ということなのだろう。

「どういう旅程でここまできたのか知らないが、ニョッヒラの山から下りてきたのなら、あいつらの世間の騒がしようを少しは見てこなかったか？」

「……見ましたよ。アティフという港町では、壁画になっているところとか」

それにはエーブも笑っていた。

「北の地方はそんな感じらしいな。ただ、南のほうにいくともう少しお堅い話になる」

エーブが言葉の最後のほうでホロに視線を向けたのでロレンスも見やると、ホロが大きなジヨッキを頭に被せるような勢いで飲み干して、狼の耳の毛を逆立てていた。

「げふっ。次は葡萄酒にしてくりゃれ」

ホロの飲みっぷりににこにこしている傘持ちの娘は、単語くらいならわかるのか、うなずいてホロのジョッキを下げて厨房のほうに歩いていった。

「ホロの耳に驚かないのですね」

「うちも羊の娘を雇ってるしな」

羊毛の目利き、というキーマンの単語が蘇る。

なるほど、商いがうまくいくはずだ。

「あいつらが心配な気持ちは、わかるよ」

エーブは手元の肉に視線を落とし、肩をすくめている。

「このエーブお姉さんでさえも心配だからね」

おどけた物言いは、誰かを心配するということそのものが、柄にもないということで少し恥ずかしいのかもしれない。

「眩しいくらいにまっすぐで、私が歩いてこなかった道を、全力で走っている」

もう一生をかけても使いきれないだろう金貨をため込んでいるはずの大商人が、うらやましそうな顔をしてそう言うのだ。

「あいつらの邪魔をするような奴が現れれば、私はいつでも昔に戻れるつもりではある」

「それがたとえ、肉親であっても？」

エーブは答えず、肉を食むばかり。

「今少し世の中を見ていったらどうだ」

「……というと？」

「そのままの意味だ。世の中を歩いて回れば、あいつらのことは嫌でも耳に入る。それでどうしても会うべきだとなったら、会いにいけばいい」

ロレンスはなにか誤魔化されているような気がしたのだが、そんな様子が伝わったのだろう。傘持ちの娘が持ってきてくれた葡萄酒を受け取りながら、ホロが呆れた目を向けてきた。

「ぬしは昔の商いの頃の癖が一向に抜けぬようじゃのう」

「癖？」

「見て、触れて、手元になければ信用できぬ」

テーブルの対面で、エーブが口の片側を吊り上げている。

「陰謀に頼りがちな私は、いつもそこで負けるんだが」

「どの料理にも合う酒などありんせん」

適材適所。

それを酒と料理で説明するのはどうかと思うが、ロレンスはなんとなくなにを言われているかわかってきた。

「見守るべきことも、あるということか」

「あれらが巣立ちをしておるなら、なおさらのう」

「うっ」

服を仕立てたらミューリが湯屋に戻ってきてくれるかも、などということを企てていたロレンスは言葉に詰まる。

「身の安全はまず心配ない」

エーブが気楽な様子で、静かに言った。

「天真爛漫なお嬢さんは、似たような友達を作るのがうまいからな。味方には人ならざる者が勢ぞろいだ」

「そんなに？」

エーブが微笑んでいたので大袈裟な物言いとはわかったが、まったくの嘘でもないらしい。

「あいつらはもうお守りなしで、お前らの知らない世界で楽しくやっている。それを知って、あきらめをつけるためにも、世の中を見て回るべきだな」

意地悪な笑みは、キーマンの件の意趣返しかもしれない。

けれど真実であるのもまた、ロレンスにはわかっている。

「こんな気持ちは、行商に使っていた荷馬車を手放して以来ですよ」

ロレンスがぽつりと呟くと、ホロがぽんぽんと背中を叩いてくれる。

口いっぱいに肉を頬張(ほおば)っていなければ、もっとよかったのだが。

「それに商(あきな)いに関係なく町を巡(めぐ)るのも案外楽しいぞ。そこは私が先達だな」

癒(い)えぬ傷を抱(かか)えて木のうろで唸(うな)っている。そんな生活が苦しくて馬鹿らしくなっても、自分の力だけではもう出られなくなっていた。

そこでエーブは、ホロに背中を押してもらったらしい。

「わっちも食べたことのないご馳走(ちそう)がいっぱいありそうじゃしな」

「一覧を用意してやろうか？」

「たわけ。探す楽しみがなくなってしまいんす」

二頭の狼(オオカミ)がそんなふうにじゃれ合う様を見ながら、ロレンスも酒に口をつける。

エーブの言うことは正しいのだろうし、遠い道の先を見通すのにホロ以上に鋭(するど)い者もいない。

コルとミューリに会うという目的は、確かに今少し、形を考えるべきなのかもしれない。

それに自分たちの故郷は今やはっきりしていて、必要があればきっとコルもミューリも帰ってくる。その時のためにベッドを整えておくのが、自分たちの役目なのかもしれない。

「ただ、そうなると」

ロレンスはこう言った。

「今回の件から儲(もう)けを取っておいたほうが良かったかも」

大飯ぐらいの狼(オオカミ)と諸国漫遊(まんゆう)など、いくら路銀があっても足りはしない。

ホロは赤い大きな瞳をくりくりとさせ、血の滴る牛の肩肉を噛みちぎりながらこう言った。

「仕事がいっぱいで飽きぬじゃろ」

いけしゃあしゃあと言ってのける。

ロレンスは肩をすくめ、もう一度酒を飲む。

すきっ腹に酒ばかり入れると、酔いすぎてしまう。

ホロが好きなだけ飲んで食べられるように、自分はしらふでいなければ。

「商いの道は、永遠なり」

エーブは笑い、娘に目配せして楽器を手に取らせる。

騒がしくはないが静かでもない、夏の浜辺のような宴が、一晩中続いたのだった。

あとがき

いつもお世話になっております支倉です。久しぶりの長編です。

Spring Log編は今まで全部短編、あるいはちょっと長めで中編形式だったんですが、前の23巻が自分の中で出来が良すぎて、短編を書くのが気分的にしんどい……ということで長編にしました。今までは、もう長編は無理だから短編で、ということで短編にしていたのですが、人間の心境はいろいろ変わるもののようです。

今回は森の話です。森を巡る話ってありそうでなかったような気がします。

今回も資料類をあれこれ眺めていたのですが、薪と焚火にまつわることを延々と語り続ける本があったりして、世の中にはいろいろな専門家がいるものだと感心しました。『薪を焚く』という本です。ベストセラーらしい。そんなにみんな薪を焚くのか……。

あと資料というと毎度のことなのですが、原稿を書き始めてから面白そうな本に巡り合うんですよね。しかもそれが新刊だったりして、もうちょっと早く出版されていれば読んで参考にできたのに！　と思うんですが、多分今までも定期的に発刊されていて、原稿を書いてて関心があるから目に留まる、ということなのでしょう。

こうして購入はしたけれど、もう原稿書いちゃったしなあ、と本棚の肥やしになっている本が結構あります。ままならぬ。

そして今回はコルとミューリの冒険の影響がめいっぱい出てきたかと思います。あんまり出すと、今度は『狼と羊皮紙』のほうで制約になってしまいかねないので、びくびくしながら出しました。ただ、若者たちが騒いだ後の片付け役、みたいな雰囲気が書いてて楽しかったです。

あとこのあとがきを書いている時点ではまだどうなるかわかりませんが、いよいよ口絵のところにある地図が厳しくなってくるのでは……と。全体図は諦めて、今後は地域版になるかもしれませんが、一体どうなるか。ご期待ください。

私生活のほうは、まったくなんにも変化がなく、あまりに変化がないのでまたどこか知らない土地に長期滞在したいなあとか、日本地図を見ています。和歌山市と天童市は、賃貸情報を見るくらい気になってます。日本でも全然行ったことのない土地ばかりで、楽しめるうちに楽しまないとと思っています。

次巻のあとがきは果たしてどこで書かれるのか！　次は多分『狼と羊皮紙』の新刊です。

それでは、失礼いたします。

支倉凍砂

◉支倉凍砂著作リスト

「狼と香辛料Ⅰ～ⅩⅩⅣ」（電撃文庫）
「新説 狼と香辛料 狼と羊皮紙Ⅰ～Ⅷ」（同）
「マグダラで眠れⅠ～Ⅷ」（同）
「少女は書架の海で眠る」（同）
「WORLD END ECONOMiCA（ワールドエンドエコノミカ） Ⅰ～Ⅲ」（同）
「DVD付き限定版 狼と香辛料 狼と金の麦穂」（電撃文庫ビジュアルノベル）

本書に対するご意見、ご感想をお寄せください。

ファンレターあて先
〒102-8177　東京都千代田区富士見2-13-3
電撃文庫編集部
「支倉凍砂先生」係
「文倉 十先生」係

本書は書き下ろしです。

電撃文庫

狼と香辛料XXIV

Spring Log VII

支倉凍砂

2023年1月10日　初版発行

発行者　山下直久
発行　株式会社KADOKAWA
〒102-8177　東京都千代田区富士見2-13-3
0570-002-301（ナビダイヤル）
装丁者　荻窪裕司（META＋MANIERA）
印刷　株式会社暁印刷
製本　株式会社暁印刷

ISBN978-4-04-914819-0　C0193　Printed in Japan

電撃文庫　https://dengekibunko.jp/

電撃文庫創刊に際して

文庫は、我が国にとどまらず、世界の書籍の流れのなかで〝小さな巨人〟としての地位を築いてきた。古今東西の名著を、廉価で手に入りやすい形で提供してきたからこそ、人は文庫を自分の師として、また青春の想い出として、語りついできたのである。

その源を、文化的にはドイツのレクラム文庫に求めるにせよ、規模の上でイギリスのペンギンブックスに求めるにせよ、いま文庫は知識人の層の多様化に従って、ますますその意義を大きくしていると言ってよい。

文庫出版の意味するものは、激動の現代のみならず将来にわたって、大きくなることはあっても、小さくなることはないだろう。

「電撃文庫」は、そのように多様化した対象に応え、歴史に耐えうる作品を収録するのはもちろん、新しい世紀を迎えるにあたって、既成の枠をこえる新鮮で強烈なアイ・オープナーたりたい。

その特異さ故に、この存在は、かつて文庫がはじめて出版世界に登場したときと、同じ戸惑いを読書人に与えるかもしれない。

しかし、〈Changing Times,Changing Publishing〉時代は変わって、出版も変わる。時を重ねるなかで、精神の糧として、心の一隅を占めるものとして、次なる文化の担い手の若者たちに確かな評価を得られると信じて、ここに「電撃文庫」を出版する。

1993年6月10日
角川歴彦